遠藤周作
366の
ことば

山根道公
［監修］

日本キリスト教団出版局

装幀
Logos Design　長尾 優

本文挿絵
ロンデル　長尾契子

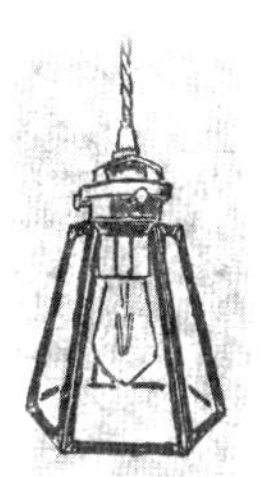

目次

引用文中の〔　〕や※の注は、編集段階で付した。

1月

January

元日

神はすべての秩序の中心であり、すべての歴史の目標でもある。神はまた人間の歴史の背後に神御自身のお考えによる歴史を予定されている。（『侍』）

ずっと昔のことであるが、私もどうも友人が出来ぬ男であった。……思いあぐんである先輩に相談すると、先輩はしばらく考えていた揚句、こちらから先に相手の名をよぶこと、そして、その時、必ず微笑することを忘れるなと言った。……私はそれ以後、今日でもこの方法を実行しつづけている。おかげで今は相手に気づまりをさせない方法も会得した。（『まず微笑』）

自分の性格や素質の欠点はこれを治そうと思ってなかなか治るものではない。むしろ逆利用するほうがいいのである。（『生き上手 死に上手』）

1/4

しゃくりあげ、嗚咽し、肩を震わせ、キクはその像に訴えつづけた。恨みごとを言った。彼女は切支丹ではなかったから聖母への祈りなど毛頭、知らなかったが、この恨みごと、この嗚咽もまた人間の祈りにちがいなかった。聖母マリアの立像は……キクのこの怒り、恨み、呪詛という祈りを大きな眼を見ひらいたまま、しかと聴いていた。(『女の一生　一部・キクの場合』)

1/5

人から愛されることばかり願っていて、人を愛することのできない奴は、何事においても、自分だけの独力で生きてきたと思いがちだ。彼はみんなから愛されることしか願わず、人を心の底から愛することができない。

(『自分をどう愛するか〈生き方編〉自分づくり』)

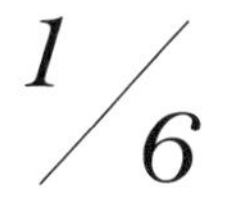

人間の中にひそむ悪はいつか消えることができるか。ぼくらのように戦争時代に育った者は平和な時代にやさしく愛想よく善良な人間をもなかなか信ずることはできない。またかつてと同じ状態になれば今日の彼らの人間らしい顔も獣のようにならぬとだれが保証できよう。(『よく学び、よく遊び』)

イエスは、人間にとって一番辛いものは貧しさや病気ではなく、それら貧しさや病気が生む孤独と絶望のほうだと知っておられたのである。

(『イエスの生涯』)

闇にも音があることを彼女ははじめて知った。それは、雨をふるい落す雑木林のざわめき、山鳩の声ではなかった。闇の音とは静寂にはちかいが、静寂とは全くちがって、孤独に追いこまれた人間の心臓の音だけが、こういう夜、はっきり聞こえることに他ならなかった。

(『わたしが・棄てた・女』)

人生の再構成。その願望はどんな人間にもあるらしい。臨死体験者の告白をみると、息をふきかえすまでの短い時間の間にも、彼等のほとんどが、パノラマのように自分の人生を甦らせている。

(『万華鏡』)

1/10

若いころは人生についていろいろ考えたり、夢をもったりするものだが、やがて生活の場にまみれると、自分の信念とか理念を踏みつけにしなくちゃならないときがあるものなのだ。つまり、若いころもっていたものを曲げて生きていかなければいけないこともある。これが生活なんです。

(『自分をどう愛するか〈生活編〉』)

1/11

私は率直にいうと「純愛」などは本当の愛ではないと考えている一人である。それができれば素晴らしいだろうが、逆にうすよごれうすぎたない愛情生活にこそ価値があるのだと思っている。うすぎたない日常生活のなかに、生活のうすぎたなさのなかに、何とか意味を発見したいと欲している一人だ。

(『心の航海図』)

このイエスの無力さにイエスの意味があるのではないか。ガリラヤ湖畔から故郷ナザレで更に人々から追われ、北方に放浪せねばならなかったイエスは愛の神になお信頼しつつ、ある決意をされた。この時期のイエスは文字通り、孤独だったにちがいない。

(「私の「イエスの生涯」」)

1/13

文学とは私にとって修辞学や言葉の美だけのものではなかった。それはまず、人間の真実であり、生きた人間と、その心の闘いを描くものの筈だった。

(『シラノ・ド・ベルジュラック』)

1/14

一度、神とまじわった者は、神から逃げることはできぬ。

(「鉄の首枷」)

1/15

もし、基督が(聖堂にかかげられた素朴なその像)神でないとしても、今日に至るまで、人間のすべてが、彼のために、この素朴な生に生き、おのが哀しみと歎きとを集中する——それこそまさに奇蹟ではないか。……人間にかかることが出来るか。それだけでも彼が神である証明なのだ。

(『遠藤周作全日記【上巻】 1950-1961』)

1/16

社会や人間の中から悪を消し去り全く死火山にしてしまえるというある種の革命思想はそんな時、ぼくにはなにか余りに楽観的にみえる。人間の原罪は決して革命では消え去らぬからだ。

（『よく学び、よく遊び』）

1/17

妻・遠藤順子
帰天
（2021年93歳）

一人ぽっちになった今、磯辺は生活と人生とが根本的に違うことがやっとわかってきた。そして自分には生活のために交わった他人は多かったが、人生のなかで本当にふれあった人間はたった二人、母親と妻しかいなかったことを認めざるをえなかった。

（『深い河』）

彼はガリラヤのみじめな人間たちを見る時、その苦しみを分（わか）ちあいたいと思うほど愛に動かされたが、もし神が愛そのものならばこれらの人間たちを放っておかれるとは思わなかった。だがその神の愛の神秘は誰にもわからない。……どうすればいいのでしょうかとイエスはこの時、必死になって神に問われたにちがいない。

（『イエスの生涯』）

1/19

「技のみまねて何になりましょう。智慧のみ受けて何になりましょう。技と智慧とを作りだしたのは主の至福を求める心でございます」 (『侍』)

1/20

だから、ぼくがこれからの若い人たちにいちばんほしいと思うのは、いたずらに自分の考えに優越感をもつなということです。同時に偽善者にもなるなということなんです。そのためには、自分の弱さをかみしめろといいたい。人が過ちを犯したとき、自分が同じ立場だったらどうだっただろうか、同じ過ちをしないという自信があるだろうか、ということに思いを馳せてほしい。

(『自分をどう愛するか〈生活編〉』)

1/21

実人生の時間と芸術的時間とはむしろ対立するものだ。したがって実人生や現実をそのまま複写し、同じ平面に移行したにすぎぬものは、如何に正確であり、科学的なものであっても芸術ではない。芸術とは現実や世界の変革であり、再構成であり、「創る」ことなのだ。

（「芸術の基準」）

1/22

日本の作家は、日本をちゃんとつかんで書かなくちゃならないと同時に、外国の人が読んでもこれは私の問題であるというふうにおもうような小説を、願わくは私を含めて書いていくべきです。それは何かというと、結局は人間の〈根源的な〉問題だとおもいます。……そういう〈根源的な〉ということが、私はグローバルということだとおもいます。

（『人生の同伴者』）

1/23

かつて私はふるい基督教者の観点から罪は意味がないと思っていた。いや、それは違う、罪もまた意味があり、決して我々の人生にとって無駄ではないのだ。だからモーリヤックはこう言ったのだ。「ぼくが他人に与えた苦しみ」も無駄にしてはいけないのだと……。

（『生き上手 死に上手』）

1/24

苦しみや悲しみに直面した場合、その表層的な部分だけを見ないで、それを引き起こした根底のところを考えてみることです。多くの場合、我々の苦しみは、実は心の奥底にあるものが引き金になっていることがあるからです。（『男感覚 女感覚の知り方』）

1/25

学校とは色々な子が互いに揉まれる場所である。揉まれるとは種々、雑多の性格や個性の相手を仲間にする能力を育てることだ。（『万華鏡』）

1/26

泣く人よ、彼等は慰めらるべければなり、というガリラヤの丘での言葉には彼が神に求める本質的なものがある。ナザレの大工時代にイエスは既にこの祈りと現実との隔たりを誰よりも感じておられた筈である。（『イエスの生涯』）

1/27

人間は誰でも欠点を持つのだから、ありのままの姿を見せればいいんです。悪いところを見せまいとし、いいところだけを出そうとするからムリが生じ、それがイヤ味にもなる。だから仮にいいところを三つ見せたら、ダメなところも三つ見せるようにしたらいいわけです。

(『考えすぎ人間へ』)

1/28

我々はこの頃、あまりに外国や外国人が「わかりすぎる」ようだ。……私はこの「わかりすぎる」ことに突然、何とも言えぬ不安を、ちょうどあまりに青い空を見ている時のように感じることがある。

(「外国人を書く」)

1/29

罪は、普通考えられるように、盗んだり、嘘言(うそ)をついたりすることではなかった。罪とは人がもう一人の人間の人生の上を通過しながら、自分がそこに残した痕跡を忘れることだった。

(『沈黙』)

1/30

訓練でぶたれたり蹴られたりすることがこわいんじゃない。戦争のなかで別の人間にならねばならぬのがこわいんです。
(「薔薇の館」)

1/31

一人よがりの正義感や独善主義のもつこの暗さと不幸は今日、私たちの周りで、さまざまな形で見つけられる。我々はそのような人を善魔とよぶ。時には善魔たちが私たちに与える迷惑や傷は、それが大義名分の旗じるしで行われるだけに、ほかの迷惑や傷より大きく、深い場合さえある。
……善魔の特徴は二つある。ひとつは自分以外の世界をみとめないことである。自分以外の人間の悲しみや辛さがわからないことである。
……善魔のもうひとつの特徴は他人を裁くことである。裁くという行為には自分を正しいとし、相手を悪とみなす心理が働いている。この心理の不潔さは自分にもまた弱さやあやまちがあることに一向に気づかぬ点であろう。自分以外の世界をみとめぬこと、自分の主義にあわぬ者を軽蔑し、裁くというのが現代の善魔たちなのだ。
(「善魔について」)

2月

February

2/1

小説家という仕事をやっているために私は人間の心の深さ、ふしぎさはたとえそれが奇怪にみえようと、非合理的に思われようと、決して無視したり軽視したりできぬと考えるようになった。逆にいうと非合理的にみえ、奇怪にみえる人の心にこそ、人間の魂が何かを囁(ささや)き、何かを暗示しているように思われてならないのである。

(『心の砂時計』)

2/2

われわれは人間に対して傲岸(ごうがん)になってはならぬと思う。人間がわかる、他人がわかると軽薄に思いこむべきではないと思う。むしろ、人間の心の深さ、心の深遠に脱帽すべきなのである。

(『お茶を飲みながら』)

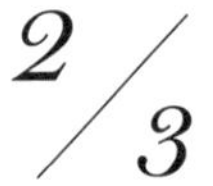

彼が神を問題にしない時でも、神は彼を問題にしたのである。

(「鉄の首枷」)

2/4

笑いは憎しみや怒りとは全く反対に他者を拒絶するのではなく、他者と結びつこうとする意志の最初のあらわれだとも言えるのだ。

(『春は馬車に乗って』)

社会生活を営む上でのお面、職業的なお面をかぶるというのは、ウソの自分かというと、決してそんなことはないのです。つまり、これが自己だということだ。しかし自分じゃない。自己と自分とは区別すべきものだ。自己というのは自分の一部分である。つまり、自分は自己を含んだ大きな全体的な意味なんです。だから、意識的に仮面をかぶっている自分を否定してはいけない。しかし全部の自分でないことも確かだ。仮面をかぶっている自己とは、自分の一部分であると考えたらいいのだ。このことを誤ったらいけない。

(『自分をどう愛するか〈生活編〉』)

「人には言えぬ秘密」を心に持った者はそれを噛みしめ、噛みしめ、噛みしめるべきである。そうすれば本当の自分の姿もおぼろげながら見えてくるだろうし、その本当の自分の姿から生き方の指針が発見されるだろう。（『生き上手 死に上手』）

……祈りを次から次へと唱え、気をまぎらわそうとしたが、しかし祈りは心を鎮めはしない。主よ、あなたは何故、黙っておられるのです。あなたは何故いつも黙っておられるのですか、と彼は呟き……。

（『沈黙』）

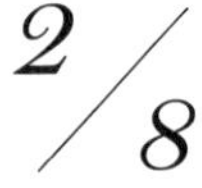

人間は永遠の同伴者を必要としていることをイエスは知っておられた。自分の悲しみや苦しみをわかち合い、共に泪(なみだ)をながしてくれる母のような同伴者を必要としている。（『イエスの生涯』）

2/9

自分はまあまあ健康であって病気をしないし、経済的にもそんなに苦労していないから、宗教には縁がないという人をたくさん知っていますが、生活の面で宗教に縁がなくても、本当は人生の面では縁があるのじゃないかしら。それをまだ気づいていないのではないですか。　　(『私にとって神とは』)

2/10

私は文章作法でも作家の苦心をあまりにみせるものはよくないと考えている。苦心の源を少しずつ消していく。それが読者に気づかれないよう削っていく。そしていかにものびのびとしているという感じを与えるべきだと私は考えている。　　(『心の砂時計』)

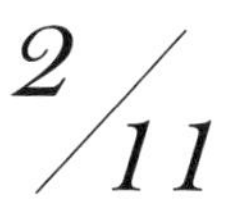

道徳教育などとイカめしいことを言っても、それは結局「人間は他人を信じられるか」ということと「人間がもう一人の人間に持つ思いやり」に帰着する。この二つをヌキにして、道徳もヘッタクレもない。

(『お茶を飲みながら』)

2/12

現代に宗教は必要だというのはやさしい。宗教が自分に持てればどんなにいいだろうと思う者は多いからである。しかし切実な問いはむしろ「にもかかわらず現代人はなぜ宗教を信じられぬか」にあるのだ。

(『春は馬車に乗って』)

2/13

人間である以上、すべてのものに限界があります。愛情の場合も同じことでありましょう。ぼくたちが愛するものと肉体的な結合をするのは、精神的な愛情だけでは充たされないからです。「もっと合一したい、もっと結びあいたい」という、愛し合っている者の願いが、心と共に体の結合となってあらわれるのです。けれども肉体を結合させたからといって、われわれは絶対的に充たされるものではありません。悲しいことですが、ここに人間の限界があるのでしょう。

(『恋することと愛すること』)

2/14

我々が自分の外づらをどんなに装おうと、それを嘲るように揶揄するように内づらがひょいと顔を出す……。しかも我々はその内づらの出現に一向に気づいてもいないのだ。そして自分は正しいことをしている、善いことをしている、愛している、といつも思いこんでいるのだ。（『心の夜想曲』）

2/15

「ぼくはここの人たちのように善と悪とを、あまりにはっきり区別できません。善のなかにも悪がひそみ、悪のなかにも良いことが潜在していると思います。だからこそ神は手品を使えるんです。ぼくの罪さえ活用して、救いに向けてくださった」

（『深い河』）

弱くて、悲しい者にも何か生きがいのある生き方ができないものだろうか……。……鋭い光を放つかわりに、弱々しい、しかしやさしく光る星だってあるにちがいない。意気地ない自分だが懸命に生きれば、そんな星の美しさのひとかけらでも奪うことはできないかしら……。（『おバカさん』）

2/17

私にもイヤな性格があり、そのイヤな性格を昔は直そうと努力したが、しかし直すことはできなかった。表面は直せても、そのしこりは別の形で別のところに出現することがよくわかったからである。だから私は自分のイヤな性格のなかにヨキものに転化する部分を見つけようとしている。（『心の夜想曲』）

2/18

限りない生の苦闘、余りにも美しいヒロイズムに疲れた人の魂にこの諦念は怪しい魅惑である。人はこの諦念によって生を能動的ではなく受身的に肯定する。（「堀辰雄覚書」）

2/19

迫害によってそれまで平和のなかに信仰生活を続けられた信徒たちは「自分の信仰は本ものか」を自らに問わねばならぬことになった。それは言いかえればきびしい自己検証の瞬間だった。自分は何者か。いかなる苦痛にも耐えて自分の信じたものを貫く強者か。それともそれらの苦痛の前に自分を裏切る弱者か。（「一枚の踏絵から」）

2/20

そこで、こういう言い方も許されます。人間は神をえらぶか、捨てるかの自由をもっている存在である。この人間の自由を文学に賭けるのが、カトリック文学です。つまりカトリック文学も、他の文学と同じように人間を凝視することを第一目的とするのです。それを歪めることは、絶対にゆるされない。

（「カトリック作家の問題」）

2/21

なぜこんな無力だった男が皆から忘れ去られなかったのか。なぜこんな犬のように殺された男が人々の信仰の対象となり、人々の生き方を変えることができたのか。このイエスのふしぎさは、どれほど我々が合理的に解釈しようとしても解決できぬ神秘を持っている。

（「キリストの誕生」）

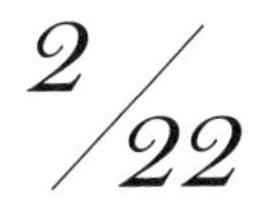

正しいとみえるものは絶対に正しいとは限らない。逆に悪いと思えるものも必ずしも絶対的に悪いとも言えない。このことが私は小説で人間の心を書いているうち、少しずつわかってきた。善と悪とを二つにわけて考える古い基督教の考えかたに疑問を持ちはじめたのである。

（『心の夜想曲』）

2/23

イエスは民衆が、結局は現実に役にたつものだけを求めるのをこの半年の間、身にしみて感じねばならなかった。彼は愛の神と神の愛だけを説いたのに、それに耳傾けたのはごく少数の者にすぎなかった。弟子たちでさえ、彼の語っていることの真意を理解してくれなかった。（『イエスの生涯』）

2/24

ギブ・アンド・テイクというけれど、友人を作る際には、まず、きみからギブしてやることが大切です。きみの時間や経験、知識といったものを、利害を越えたところで相手に与えなければなりません。そうすることによって初めて、相手も真剣になって、きみの悩みをきいてくれるのです。

（『男感覚 女感覚の知り方』）

2/25

素直に他人を愛し、素直にどんな人をも信じ、だまされても、裏切られてもその信頼や愛情の灯をまもり続けて行く人間は、今の世の中ではバカにみえるかもしれぬ。だが彼はバカではない……おバカさんなのだ。人生に自分のともした小さな光を、いつまでもたやすまいとするおバカさんなのだ。

（『おバカさん』）

2/26

生活と人生とはちがいます。生活でものを言うのは社会に協調するための顔(マスク)です。また社会的な道徳です。しかし人生ではこのマスクが抑えつけたものが中心となるのです。　(『ほんとうの私を求めて』)

2/27

ふりかえってみると……私は親がきせてくれた洋服〔キリスト教〕、体に合わぬ洋服と今日まで争ってばかりきたように思える。しかしその自分が「選んだのではない」洋服はこの争いのために部分的には自分のものとなり、私が「選んだ」と同じようになった。しかし他の部分はまだ、私のものではないのである、私のものでないものを私の体に合わせ私のものとすることを、これからの仕事にするつもりである。そして、それはいわゆる「洋服」ではなく「和服」だと批判する西欧人がいるなら、私はどうしてそれがいけないと、はっきり言える気持にようやくなったのである。　(『春は馬車に乗って』)

2/28

こうして二つの人間が分れた。おのれの信念を貫き通すために拷問に屈せず死も怖れぬ強者と、拷問と死に怯えておのれの信念を棄てる弱者と。……彼等には救いの希望のほかに心を励す武器はなく、祈ることのほかに身を守る武器はなかった。

(「銃と十字架」)

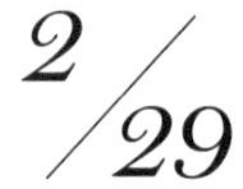

小説家が特に注意して選んだ言葉や隠喩は、たんにそれだけの意味ではなく、根石とおなじような、その作品の要を暗示する内容を含んでいる場合があります。もし上すべりに表面だけ読むなら、きわめて日常的な平板な意味にしかとれませんが、何度もそこを読んでいただくと、もっと深い、時には思いがけない作者のテーマが秘められている表現だったとお気づきになるでしょう。庭とおなじように、小説も地面にかくれている部分や、石と石とのあいだの空間（小説の場合は行間）の緊張が大切なのです。

(『死について考える』)

3月

March

3/1

恋にはそれほど烈しい努力も忍耐も克己もそして創造力もいらぬことです。だが愛すること——それは恋のように容易しいことではない。「愛すること」には恋のように烈しい炎の華やかさも色どりもないのです。その代りに長い燃えつきない火をまもるため、決意と忍耐と意志とが必要なのです。

(『恋することと愛すること』)

私は青年時代幾度か、自分をしばりつけているカトリシスムを捨てて、別の目で人生や人間をながめようと思った。私はキリスト教という一つのめがねでしか人生や人間をながめられないことに息苦しさを感じたのである。にもかかわらず、私は結局、少年時代から自分の血液のなかにしみこんだものから離れることはできなかった。　(『よく学び、よく遊び』)

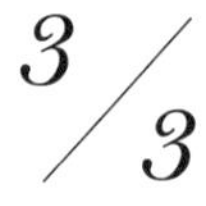

永遠に人間の同伴者となるため、愛の神の存在証明をするために自分がもっとも惨めな形で死なねばならなかった。……もしそうでなければ、彼〔イエス〕は人間の悲しみや苦しみをわかち合うことができぬからである。

(『イエスの生涯』)

3/4

「生きている者の辛さや哀しみをあまりに多く見れば、誰だって一人になって、神とは一体なにかと考えたくなるだろう」と戸田は低い声で答えた。「俺たちだって、そんな経験があるもんな」

(『死海のほとり』)

「憐れみたまえ」口から言葉がこぼれた。「心狂える人間を憐れみたまえ」うろ覚えのボードレールの詩だった。……ただこの詩だけが今の彼の心を適切にあらわしていた。「なぜ人間が生き、なぜ人間が作られたか、知りたまえるあなたの眼に……人間は怪物とうつるのですか」

(『スキャンダル』)

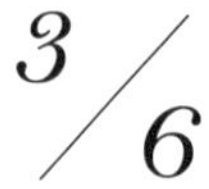

いずれにせよ西洋的思考、遊牧民的思考で鍛えられた基督教をたんに学ぶだけではなく、それを自らの宗教とした者は当然深い自己撞着にぶつかるのだ。それは理念としての基督教と日本人としての感覚との矛盾である。

(「二重生活者として」)

自然はうつくしいが、人間の生活はみじめなこの湖畔の村々には、隣人や家族からも見離された病人……がいっぱいいた。祭司たちからは蔑（さげす）まれる収税人や娼婦のような男女もいた。聖書を読むとイエスはほとんど偏愛にひとしい愛情でこれら人々から見棄てられた者、人々から軽蔑されている者のそばに近づいている。

(『イエスの生涯』)

井上洋治
帰天
(2014年86歳)

ぼくは本当に真剣になって、主（しゅ）に、この井上と会わしていただいた事を感謝した。そして、主にぼくはぼくにもまた、きびしい、信仰をさずけ給えと祈った。

(『遠藤周作全日記【上巻】 1950-1961』)

優等生というのはいつも優越感にみち、そして思いやりと他にたいする想像力が欠けている場合が多い。私は若い人に優等生になってもらいたくないのである。畏れを知ってほしいのである。

(『お茶を飲みながら』)

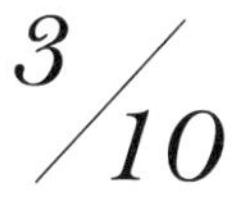

我々の心のどこかに、戦後の戦争裁判によって戦争責任や戦争の罪の問題は既に処理され解決がついたという安易な気持はひそんでいなかったか。また平和運動や民主主義を行うことによって凡(すべ)ては償われるのだという感情はなかっただろうか。だが、戦争で殺された人々の苦悩は償われぬのである。

(『春は馬車に乗って』)

愛の第一原則は「捨てぬこと」です。人生が愉快で楽しいなら、人生には愛はいりません。人生が辛くみにくいからこそ、人生を捨てずにこれを生きようとするのが人生への愛です。

(『生き上手 死に上手』)

3/12

誰にも自分の人生が突如として変る切掛も、その時期もわかる筈はない。神のひそかな意志がどのようにひそかに働くのか人間の眼には見えぬからである。

(「銃と十字架」)

3/13

芸術家が芸術家である限り、現実を変革するのは「為す」という行為を通してではなく「創る」という行為によってである。

(「芸術の基準」)

3/14

一神的な世界の西欧では神に対して常に戦っていたのだ。この自己と神との前に厳としてある存在の超絶に人間が抵抗し反逆したのは、この一神論の構造によるのだ。

(「堀辰雄覚書」)

3/15

我々の人生にはその人の純粋さを考えれば、自分の賤しさに心が痛むというような誰かに時としてめぐりあうことがある。

(『イエスの生涯』)

3/16

「あなたは忘れないでしょう。わたしが一度、その人生を横切ったならば、その人はわたしを忘れないでしょう」

「なぜ」

「わたしが、その人をいつまでも愛するからです」

(『死海のほとり』)

3/17

悲しみや不幸に遭った場合、それが外的な要因なのか、あるいはもっと自分の心の奥底からきているものかを、じっくり考えるチャンスがきたと思いなさい。そうすると、自分の心の奥底にあるストレスとか歪み、ひずみなどに、そのときになって初めて気がつく。

(『男感覚 女感覚の知り方』)

3/18

イエスの死刑が決定した時、彼〔ユダ〕は自分も死なねばならぬと思った。イエスは人に今、侮辱され、軽蔑されている。しかし自分は永遠に人間から軽蔑されるだろう。イエスが今日、味わうものを自分は永遠に味わわねばならぬ。そのふしぎな相似関係にユダはこの時気づいた筈である。

(『イエスの生涯』)

3/19

「神はなぜ沈黙しているのか」、「キリストはなぜ再臨しないのか」。この二つの課題を解くことができなかったからこそ、〔原始キリスト教団の〕信徒たちは悩み、もがき、苦しみ、それらの苦しみが信仰のエネルギイともなっていったのである。

(「キリストの誕生」)

3/20

つきあいの第一法則は「笑顔と好奇心」との二つにつきる。笑顔、これは相手に好意を持っていることの意思表示であるし、好奇心、これは相手が人生や生活で学んだことを尊重している意思表示だからだ。

(『生き上手 死に上手』)

3/21

日なたぼっこをしながら、彼は植木鉢の花に指をふれる。葩(はなびら)の絹のようなやわらかな感触が彼の腕に伝わる。事物はたえず人間に話しかけようとしているのだ。それを聞くまいとしているのは人間である。

(『満潮の時刻』)

3/22

心の動きは眼に見えはしない。まして心の奥の奥のことはその当人にもわからない。だが、その心の奥の奥は決して沈黙しているのではない。我々に語りかけているのだ。その言葉は時には夜の夢になったり、病気だったり、また共時性によって具体的に出てくるふしぎな出来事なのだ。　(『万華鏡』)

3/23

人生のなかに明るさのみを見出してそこから神を讃美する。その方向に持っていきたい。人生、世界を肯定するのだ。どうしてそれが悪いことがあろうか。

(『遠藤周作全日記【下巻】 1962-1993』)

3/24

人生のなかで眼に見えぬもうひとつの世界や、眼にみえぬ大きな存在は、声をあらわにして主張しない。そのかわり、さりげない日常の出来事の端々(はしばし)に文字通り、見えがくれに、さりげなく何か奥深いものを暗示する。
(『心の砂時計』)

3/25

私は正直いって、個性、個性と叫ぶ戦後の傾向に必ずしも賛成ではない。はっきり言うと個性よりももっと大切なものがある。一人の人間の個性を創りだすためにそこに働いたあまたの縁がある。
(『生き上手 死に上手』)

3/26

受難物語を通してイエスは全く無力なイメージでしか描かれていない。なぜなら愛というものは地上的な意味では無力、無能だからである。
(『イエスの生涯』)

3/27
遠藤周作
誕生日
(1923年)

私の誕生日である。自分が六十六才まで生きておられるとはあの入院の頃、夢にも思わなかった。……私は母と兄とが私をあの世から助けてくれていることを感じるのだ。……眼にみえぬものが私をこのように大事にしてくれているのは私に何か仕事と使命とを与えているからだ。それなのに私は時間を浪費し、つまずき、確信をもたない。(『遠藤周作全日記【下巻】 1962-1993』)

3/28
井上洋治
誕生日
(1927年)

神父ではあるが友人でもある以上、私たちと彼との間にはかなり、危険できわどい質問や応答もくりかえされた。何でもこの神父にはうちあけられ、どんな信仰上の疑いでもたずねられるという安心感が我々にあったからである。イエスが人間の悲しみのすべてをわかってくれるのだと、ある日、彼が突然言った時、真実私は泪(なみだ)がでそうなほど感動した。(「日本とイエスの顔」)

3/29

「人のために泣くこと、ひと夜、死にゆく者の手を握ること、おのれの惨(みじ)めさを噛みしめること、それさえも……ダビデの神殿よりも過越の祭よりも高い」イエスは、くたびれた声で弱々しく答えた。

(『死海のほとり』)

3/30

自力か他力かは結局、自分で自分が処理できるかという問題から始まる。自分で自分が処理できるかという時、その「自分」には他人との関係も含まれる。自分で他人と関係してきた自分の業(ごう)を救えるかということなのだ。　(「「さむらひ」と「侍」(河上徹太郎)」)

3/31

「御パッションの観念」のイエスの死の観想はまさにその点を日本切支丹たちに示しているようである。死を直視せよ、誤魔化すな、と。
……切支丹たちの「御パッションの観念」は死を直視させる。死の本当の顔をイエスの処刑に托して正直に語る。別の世界に行くには苦痛を伴った通過儀礼が必要であるが、死という通過儀礼が持つ苦しみにも耐えねばならぬこと（イエスもまたその通過儀礼に耐えたのである！）を教えるのだ。
……イエスもまた、自分たちと同じ苦しみ、屈辱を味(あじわ)ったのだという気持が彼等に励(はげま)しと勇気と連帯感を与えたことはたしかである。それは「死の孤独」のかわりに「死の連帯感」を与えたのだ。

(「通過儀礼としての死支度」)

4月

April

4/1

ウソのなかには、相手を楽しませてやろうとする意図も入っているのです。ウソによって芸術ができる場合もある。たとえば、小説がそうだ。このように、ウソは現実の話を味つけすることによって、相手を楽しませる効果がある。これがうまいか下手かで人づき合いも随分と違ってくるでしょう。

(『男感覚 女感覚の知り方』)

私が神の存在を感じるのは、今日まで背中を何かが押してくれてきたという感じがまずするからです。自分の過去をずうっと振り返ってみると、私を愛してくれたり、支えてくれたりしたいろんな人がいますが、その人たちがアトランダムにあったのではなくて、目に見えないある一つの糸に結ばれ、一つの働きの上で私を支えてくれたのだという気持があるからです。生まれてから現在につながる糸があるとすれば、その糸にずうっとある力が働いていたのだなという感じを持つのです。そうすると、私の個性とかいったものよりも私をつくってくれたそれらのもののほうが大事になり、この大きな場で私は生きてきたという気がするのです。それを私は神の場とよびます。

(『私にとって神とは』)

4/3

一冊の本も年齢によって読みかたが変る。少年時代や青年時代の愚行もそれを俯瞰できる年齢になってみると、すべてそれは意味があり、マイナスでは絶対になかったことがやっと理解できたのだ。そしてそのひとつひとつが糸でつながり、その先で人生を包む大きな存在が微笑しながら私を見ていてくれていたこともわかった……。（「私の愛した小説」）

4/4

一本一本の桜の樹が私に向いあってくる。その細かな色合いが、こちらの感情と相まって、時には悲しく、時にはうれしく感じられる。いずれにしろ、人生の様々な姿と同じように、我が心の動きによって、桜の姿のありようが変ってくる気がする。その多様性が、私にはおのれの心を映す鏡のように思われる。

（『最後の花時計』）

ひょっとすると、我々が人生の不幸、苦しみ、矛盾に出会って神仏を呼んでもなんの言葉も聞えぬあの沈黙、あの静寂も、決して、何もない空虚のためではなく、向うの言葉が我々の言葉と違っているので「静かさ」と感じられるだけの話なのかもしれない。

（『生き上手 死に上手』）

人間の内部のことを考えると、それがあまりに混沌としていると同時に、あまりに神秘的な気がする。それは底知れぬ海の底のようなイメージを私に与える。光も届かぬ深海の底には、いったい何があるのか、わからない。あの感じに似ているのだ。その光も届かぬ底知れぬ世界がアーム〔魂〕なのであろう。

(『お茶を飲みながら』)

人間の絶望を眺める時、彼はまた、愛を眺めるであろう。人間の自由を見る時、また人間の限界を知ろう。

(「神西清」)

死にたえたような死海とユダの荒野を見て、イエスはおそらくガリラヤのやさしい春を思いうかべられたにちがいない。そしてまた彼がそこで出会った人々の哀しい人生も考えられたにちがいない。神はそれらの人生をただ怒り、罰するためにだけ在るのか。神はそれら哀しい人間に愛を注ぐために在るのではないのか。

(『イエスの生涯』)

4/9

「聞いた？……何を？」
「おいで、という声を。おいで、私はお前と同じように捨てられた。だから私だけは決して、お前を棄てない、という声を」　　（『深い河』）

4/10

私はなぜか病院が好きだ。夜、一人で病院のそばに行き、病室の窓にともる灯をじっと見つめていることがよくある。灯のうるむ病室のなかで、一人一人が病に苦しみ、恢復（かいふく）に悦（よろこ）んでいる。病室のなかで人々が日常生活では考えられなかった人生や死の不安と向きあっている。日本人の多くが、自分の死のことをはじめて考え、自分の人生のことをはじめて考えるのは病院なのではないか。もしそうなら、病院こそ新しい教会であり本当の人間関係が考えられねばならぬ場所なのだろう。　　（『春は馬車に乗って』）

4/11

私をして言わしむれば、神は恐れの対象ではないのだ。我々を包み、我々を生かす大きな命として畏敬すべきものなのだ。恐れと畏れとは断じてちがうのである。（『生き上手 死に上手』）

4/12

イエスが一度、その人生を横切った人間は、イエスのことをいつまでも忘れられなくなるのである。

（『イエスの生涯』）

4/13

人間は自分ができぬことを他人がやっておれば、癪(しゃく)にさわる。そしてその欲求不満をたやすく正義感に転化することができる。（『ぐうたら人間学』）

4/14

私はこうした臨死体験者の経験には宇宙飛行士の経験となにか共通したものがあるような気がしてならない。宇宙飛行士たちのなかには地球に戻った時「次なる世界」の存在を信じたと告白した人がかなりいる。

(『異国の友人たちに』)

4/15

どんな罪でも無意識をぬきにしては考えられない。きよく、正しく見える行為にもそれを行った当人の無意識下にはひょっとするとエゴイズムや虚栄心や貪欲や自己満足などが裏うちされていることもあるのだ。おぞましく、醜悪にみえる行為の奥に実は別なもの——たとえば純粋への志向が無意識下にひそんでいてもふしぎではない。

(「私の愛した小説」)

4/16

人間の短所はイコール長所、長所は短所でもあるんだ、ということが、ぼくの持論です。つまり、短所の裏面は長所、長所と短所は、背中あわせになっているにすぎないのです。

(『自分をどう愛するか〈生活編〉』)

4/17

抽象的にいえば、自信があれば嫉妬心は起きないということになる。完全に嫉妬の感情を抑え込むことは不可能だけれど、自信をもてば嫉妬心の量が少なくなることは確かです。

(『自分をどう愛するか〈生活編〉』)

4/18

弟子たちがイエスの心を知ったのは、十字架での最後の言葉を聞いた時からである。彼等はそれによって始めてこの人が何者なのかがわかったのだ。この衝撃は弟子たちに、自分たちがいかに師を知らなかったか、ということを痛烈に知らしめた。いかに生活を共にしたとしても、いかにその言行に直接ふれたとしても、イエスのような人物を見る眼を自分たちが持っていなかったことを強く考えさせたのである。この「イエスを知ることができない」という痛切な意識が彼等をして逆にイエスの生涯を語らせる原因になった。

(『人間のなかのX』)

4/19

旅に出る。私はほとんどガイド・ブックなどに書かれている名所はたずねない。そういうものを素通りして私が調べた特定人間がその昔、住んだ跡、住んだ村を訪れ、その家が在った場所に長くたちどまり、むかし彼がその眼でみたにちがいない周りを——山や林や空の色まで——凝視するだけで、旅をした甲斐があったと思うのである。(『よく学び、よく遊び』)

4/20

何故ならば、憎むとはやはり他人を人間として取扱うことだから。それだから愛はしばしば憎しみに裏返され、憎しみは愛に通ずるのであろう。

(『精神の腐刑（武田泰淳について）』)

4/21

こうしてみると、人間というものは、そんなに絶対的な正義をふり回すほど立派なもんじゃないということが分かる。そうすれば、自分は正義の人だとうぬぼれた考え方にはならないで済むでしょう。

(『あまのじゃく人間へ』)

4/22

人を信じるということは、言葉だけを信じるのではなく、それをいっている相手の本質的な部分を見抜いて、その素直さとか、品の良さとか、正直さを信じてあげることです。 (『男感覚 女感覚の知り方』)

4/23

私も年齢をとるにしたがい、人生や人間にわからぬ事が更に深くなった。しかし、それゆえ小説家としても人生を包む、眼に見えぬ深い働きを余計、感じる。 (『万華鏡』)

4/24

〝正義〟というものは扱うのにデリケートなものです。正義という名の下に、バカげた行為に走る人たちがいることを、若いあなたがたに一度ゆっくり考えてもらいたいと思うわけです。正義をふりかざす人が出てきたときは、一応警戒していいのだとさえ、私は思うのです。 (『自分をどう愛するか〈生活編〉』)

4/25

神は預言者たちの言うようにきびしい山や荒野にかくれているのではなく、辛い者のながす泪(なみだ)や、棄てられた女の夜のくるしみのなかにかくれているのだと〔イエスは〕教えた。 (『死海のほとり』)

4/26

自分が決して強者ではなく正義の人ではなく……、本当はイヤなイヤな人間だという事実と向きあうことができる。これは人生における第二の出発点になる。自分が弱虫であり、その弱さは芯の芯まで自分につきまとっているのだ、という事実を認めることから、他人を見、社会を見、文学を読み、人生を考えることができる。 (『お茶を飲みながら』)

4/27

その偶然が今、僕にはまるで自分の人生の河にとって大きな意味があるもののように思えてなりません。 (『影法師』)

4/28

ユーモアが本当にユーモアであるのは、それがこの人間世界のなかに愛情を導き入れる技術だからである。人間を軽蔑するところに本当のユーモアはない。

(『春は馬車に乗って』)

4/29

アスハルトの道は安全だから誰だって歩きます。……でもうしろを振りかえってみれば、その安全な道には自分の足あとなんか一つだって残っていやしない。海の砂浜は歩きにくい。歩きにくいけれどもうしろをふりかえれば、自分の足あとが一つ一つ残っている。そんな人生を母さんはえらびました。

(『影に対して』)

4/30

「わたしにはあの人の心がわかる」とわれわれは軽々しくそう思い、他人を自らの浅はかな眼で規定しようとする。しかし一人の人間に、もう一人の人間の心の底が本当にわかるのだろうか。

(『お茶を飲みながら』)

5月

May

5/1

病気とは平生は生活に覆われて見えなくなっている人生に我々を否応なしに直面させる。あるいは今までとは違った角度から人生を考えさせるものである。

(「病院での読書」)

5/2

抑圧したものの噴火はたしかに彼〔モーリヤックの小説の主人公〕に罪を犯させたが、見かたを変えるならば、それは彼が本当に生きたい、本当の自分として生きたいという意志のあらわれだからだ。いわばそれは彼の再生の欲望なのである。だからその再生のなかに救いの光がさしこむのだ。

(『心の夜想曲』)

「してはならぬこと」「みせてはならぬこと」だと考えているあなたの部分は実はあなたの**潜在的な慾望**であることが多いのです。

(『ほんとうの私を求めて』)

5/4

兄・遠藤正介
帰天
(1977年56歳)

私も漠然とではあるけれど、兄が死なないうちは自分は死なないと考えていた。兄が死を私の前面で支えてくれていたわけです。死ぬはずのないその兄が突然死んでしまったら、死が自分の面前に迫ってきた感じでした。……二人だけの兄弟ですから、全くへたへたとなりました。

(『死について考える』)

考えてみれば、若い人の特権というのは、むしろ、失敗を恐れずにいろんな顔をもつということになるんじゃないかな。ぼくみたいな年寄りが、いろんな顔をもっているんだから、若いときから一つの仮面だけで生きるやつは淋しいと思う。

(『自分をどう愛するか〈生活編〉』)

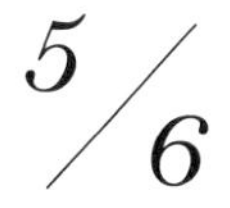

「口下手というマイナスには……聞き上手というプラスが含まれているのです。口下手だけではない、すべての人間的マイナスは絶対的なものではない。マイナスのなかにプラスが含まれている。罪にさえもプラスが含まれている。罪のなかに人間の再生の感情を見つけること。それを私は……いつも自分に言いきかせました」

(『スキャンダル』)

私たちは神を対象として考えがちだが、神というものは対象ではありません。その人の中で、その人の人生を通して働くものだ、と言ったほうがいいかもしれません。あるいはその人の背中を後ろから押してくれていると考えたほうがいいかもしれません。

（『私にとって神とは』）

5/8

ものごとを決して二つに区分けしては見まい、と私は自分に言いきかせるようになった。善も限界をすぎれば悪になり、愛も限界を過ぎれば人を苦しめる。

（『心の夜想曲』）

「ぼくが神を棄てようとしても……神はぼくを棄てないのです」

（『深い河』）

5/10

人間の心理というのは意識だけの世界では処理できないものがたくさんある。より根本的なところで、ぼくたちを動かしている無意識の世界があるんだということを考えてみてほしい。

(『自分をどう愛するか〈生き方編〉自分づくり』)

5/11

痛みだけではなく、心の苦痛とか、不幸というものには、……「自分だけが苦しんでいる」という自己中心的な孤立感と孤独感とがどこかに裏うちになっている。……誰かに手を握ってもらい、苦しみをわけあってもらうと、心が少しずつ静まるのは、この孤立感がその時、消えるからである。

(『よく学び、よく遊び』)

5/12

「神にとって神殿が何だろう。もし、あなたたちの蔑(さげす)む娼婦たちが一夜自分のみじめさを泣いた時は、そのひとしずくの泪(なみだ)のほうをこの神殿より神は選ばれるだろう。神は神殿をほしがらぬ。神は人間をほしがっているのだ」

(『死海のほとり』)

5/13

病気という生活上の挫折を三年ちかくたっぷり嚙みしめたおかげで、私は人生や死や人間の苦しみと正面からぶつかることができた。……そのおかげで、人間と人生を視る眼が少し変ってきた。今にして思うと『沈黙』という私にとって大事な作品はあの生活上の挫折がなければ、心のなかで熟さなかったにちがいない。　　（『生き上手 死に上手』）

5/14

母とは少なくとも日本人にとって「許してくれる」存在である。子供のどんな裏切り、子供のどんな非行にたいしても結局は涙をながしながら許してくれる存在である。そしてまた裏切った子供の裏切りよりも、その苦しみを一緒に苦しんでくれる存在である。　　（「弱者の救い」）

5/15

人間が誰でも心の底にかくし持っていて、恥ずかしく考えているその秘密の部分に、神というものが働きかけるのだ……。　　（『ほんとうの私を求めて』）

5/16

「祈っているよ。君。たとえ、君が神を問題にしなくても、神は君をいつも問題にされているのだから……」

(『白い人』)

5/17

「行くがいい。そしてお前のしたいことをするがいい」これはユダにたいする憎悪の言葉ではなかった。イエスはユダの苦しみも知っておられた。彼はすべてみじめな者、苦しめる者の同伴者たろうと願われていたが、その人間のなかにユダも含まれていたのだ。

(『イエスの生涯』)

5/18

その時、じっと自分に注目している基督の顔を感じた。碧(あお)い、澄んだ眼がいたわるように、こちらを見つめ、その顔は静かだが、自信にみち溢れている顔だった。「主よ、あなたは我々をこれ以上、放っておかれないでしょうね」と司祭はその顔にむかって囁(ささや)いた。すると、「私はお前たちを見棄てはせぬ」その答えを耳にしたような気がした。

(『沈黙』)

5/19

本当に役にたつことは眼にみえぬことのなかに在る。
(『生き上手 死に上手』)

5/20

どんな人間も疑うまい。信じよう。だまされても信じよう――これが日本で彼がやりとげようと思う仕事の一つだった。疑惑があまり多すぎるこの世界、互いに相手の腹のそこをさぐりあい、決して相手の善意を認めようとも信じようともしない文明とか知識とかいうものを、ガストンは遠い海のむこうに捨てて来たのである。
(『おバカさん』)

5/21

愛は長い病気に耐えながら、忍耐と努力とで最後まで絶望せず闘病するあの療養の路に似ています。健康が与えられるのではなく創っていくものであるように、愛と幸福とは夢みるものでも、与えられるものでもありません。それは貴方が（彼と自分で）創らねば、決して生れてはこないものなのです。
(『恋することと愛すること』)

人生の出来事の意味はその死の日まで誰にもわからない。……行長の生涯を調べれば調べるほど、我々は神が彼の人生にひそみ、その人生の最後に彼に語りかけられたことを感じるのである。

(「鉄の首枷」)

信仰とは確信ではなく挫折や疑惑の連続でもある。

(『よく学び、よく遊び』)

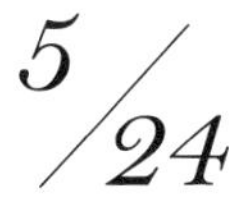

苛酷な人間の現実のなかに、神の本当の愛はどのようにして見つけられるのか。ユダの荒野で自分に課したこのテーマだけが、今イエスの心を占めている。そして、同時にそれを解くために神が自分をこの世に送られ、それを解くために幾つもの苦しい障碍(しょうがい)を越えねばならぬことも感じておられた。

(『イエスの生涯』)

5/25

たしかに青春時代というのは小さなことで悩むし、その数も多いでしょう。だからタテマエとしては「悩みなさい」とぼくもいいます。でもホンネをいえば、「最後には必ずよくなるものだよ」ということです。そういう気持ちを自分でも持っていたほうがいい。いま悩んでいることを、これがすべてと思わないほうがいい。

(『考えすぎ人間へ』)

5/26

人間はどうして生きているのか。この問いにもちろん、明石は答えることはできない。しかし問いそのものは、たしかに今まで健康な時は見すごしていたもの、見逃していたもの、気にもとめなかった風景——そうした事物から、彼に囁(ささや)きかけていることだけはわかった。

(『満潮の時刻』)

日本人は個人の責任で生きることにまだ熟していない。というより今でも個人よりは家族との結びつきで生きている日本人が多い。私は日本人のなかには特定の宗教は信じてはいないが、「家族教」という宗教を持っている人が多いと考えている。

(『異国の友人たちに』)

人間の歴史は神が計画された歴史につながると私はいつも思ってきた。しかし神の歴史は私の考えや意志とは別に存在していたのだ。(『侍』)

もしそれが信ずるに価するなら宗教がほしいと思う人の多いのは当然であろう。にもかかわらず、その人たちが宗教を信ずることができぬとすれば、それはその宗教が現代に耐えられぬからである。……宗教が現代を支えられぬままになっているのが二十世紀の宗教である。だがやがて必ずそれらすべてを支えるものが生れてくる。(『春は馬車に乗って』)

5/30

人間とは妙なもので他人はともかく自己だけはどんな危険からも免れると心の何処かで考えているみたいです。

(『沈黙』)

劇とは人間と人間や人間と社会の関係ではなく、人間とそれを超えたものの関係と相剋(そうこく)であること。小説における真実とは、聖書におけるたくさんのエピソードのように現実的事実以上のものであることを、私のようにとも角も聖書を折にふれて開いてきたものは考えてきた。それが小説家マルコ、小説家ルカたちが、我々に教えることなのである。

(「現代日本文学に対する私の不満」)

6月

June

6/1

自分はこういう生き方をしたいと思うことは人生だ。しかし、生活の中ではそれが実現不可能になることは再三あるでしょう。人生と生活のギャップは当然出てくるんです。……人を傷つけることなんて望んでいなくても、生活の場においては余儀なく人を傷つけることが歳をとるにつれて多くなるのが普通です。　(『自分をどう愛するか〈生き方編〉自分づくり』)

6/2

歴史もない、時間もない、動きもない、人間の営みを全く拒んだ無感動な砂のなかを一匹の駱駝(らくだ)が地平線にむかって歩いている風景、それはなぜか知らぬが、俺にはたまらない郷愁をおこさせる。

(『アデンまで』)

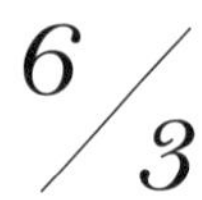

我々の世界の中には苦しいことがたくさんある。苦しみがあるからいろんなことが進歩するんだろう。苦しみがあるから、我々には愛というものがある。苦しみというものがなかったら、我々は互いに愛するということをしないだろう。

(『自分をどう愛するか〈生き方編〉自分づくり』)

一流国とは経済大国だけでなく文化でも一流であるという条件をそなえねばならぬ。

（『心の砂時計』）

確かなのはイエスはその生涯の間、彼が人生を横切った者に決定的な痕跡を残していったということである。

（「キリストの誕生」）

我々が他人を知ろうとする時は、必ず自分に理解しやすいような秩序づけを意識的、無意識的にすると言うことだ。

（『人間のなかのX』）

なるほど殉教者の心理には三〇パーセントの虚栄心はあるかもしれぬ。三〇パーセントの狂心や自己陶酔もふくまれているだろう。しかし、それ以外のXもあるはずだ。そのXが我々人間にとって大事な部分なのであって、もし人間の行為をエゴや虚栄心に還元するならば、このXを我々は失ってしまう。

(『春は馬車に乗って』)

6/8

つまり、大人になるっていうことは劣等感を味わってきたことで、自分だけじゃなく他人もこんな劣等感をもっているんだなと思えるようになる。そして、思想というものも、すべて相対的なもので絶対的な思想というものはないのだ、ということを知っている。自分という存在も絶対ではなく、すべてにおいて相対的なんだということがわかったとき、社会が「大人になりました」と、免許証を与えてくれたわけだ。……だから、自己嫌悪を乗りこえることが大人になることなんだ。それには、自分のイヤな性格、劣っている能力を、いかにプラスに作用させるかにかかっている。

(『自分をどう愛するか〈生活編〉』)

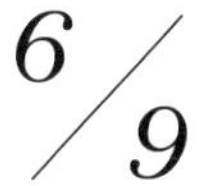

〔デパートで開かれていた贋作展に入ったとき〕本ものと横におかれた贋作は私にはすぐわかった。なるほど一見したところ、実にうまく模写している。時には技術的に（?）贋作のほうがうまいと思う部分もある。にもかかわらず、芯がない。ピンと張ったものがない。つまり生命がこもっていないのだ。それが贋作を露呈していた。（『ほんとうの私を求めて』）

「神は人間の善き行為だけではなく、我々の罪さえ救いのために活かされます」（『深い河』）

がその声は黒い海の波の音にまじって、はっきりと響いてきたのである。「みなと行くだけでよか。もう一ぺん責苦におうて恐ろしかなら逃げ戻ってもいい、わたしを裏切ってもよかよ。だが、みなのあとを追って行くだけは行きんさい」

（『最後の殉教者』）

6/12

私たち人間を包んでいる大きなもの、大きな世界。その大きな世界が我々の日常に囁きかけているかすかな声。それに耳傾けるのが老年だと思うようになっている。　　(『生き上手 死に上手』)

6/13

次々と友人、知人たちがこの世を去り、生きることのはかなさを身にしみて感じだすと、表面的な華やかさでなくて、本当に自分に大事だったことが何だったかが察知されるようになる。　　(『心の砂時計』)

6/14

人間は人生の悲しみや辛さから誰も免れられないけれど、不幸に直面したとき、自分の心をどうコントロールし、どんな風に考えればいいのかを教えてくれるのが、普段からの読書なのです。これは、短時間でできるものじゃない。平生からの準備が必要なんだ。　　(『男感覚 女感覚の知り方』)

6/15

一方では社会主義を肯定しながら、教会に集まり跪く人々の心には、この世のいかなる正しさも限界のなかでこそ正しいのであり、それを越えるとただちに悪になる悲しさがあり、その悲しさが神を求める気持につながっているような気がした。

(「西洋人」)

私は王妃時代は驕慢(きょうまん)で我儘(わがまま)で贅沢三昧にふけった女性〔マリー・アントワネット〕が、革命の嵐のなかで考えもつかなかったような惨(みじ)めさとむごさに出合ううちに次第に立派な女性になる点に心ひかれた。彼女は他の貴族たちが市民たちに妥協していくなかで一人、かたくなに自分たちの階級の美を守ろうとした女である。おそらくそこに現代の仏蘭西人が彼女を憎み、彼女を反体制の象徴として考える部分があるのだろうが、しかし彼女が個人としてこの革命の嵐にたちむかった時、掌中に残されたただ一つの武器は、死まで自分が育った優雅さ、振舞いの美しさ、言葉使いという教育だった。

(『よく学び、よく遊び』)

6/17

私が何よりもいままでの日本の教会について淋しく思ったのは、戦争中にどうしていいか悩んでいる日本の青年の、のっぴきならない問題に、教会が答えてくれなかったことであり、いまでもその姿勢があまり変わっていないということです。

(『私にとって神とは』)

6/18

なにも変らぬ。だがあなたならこう言われるでしょう。それらの死は決して無意味ではないと。それはやがて教会の礎となる石だったのだと。そして、主は我々がそれを超えられぬような試煉は決して与え給わぬと。

(『沈黙』)

6/19

自分の人生をふりかえり、この年齢になってみると私はかつて冒した愚行も、かつて私の身に起った出来事も――たとえそれがそのまま消えてしまうように見えたものでも、決して消えたのではなく、ひそかに結びあい、からみあい、そして私の人生に実に深い意味を持っていたことに気づくのだ。

(『生き上手 死に上手』)

西欧の基督教作家の小説には――私の読みかたでは――ある共通したパターンがある。それは人間の罪を精密に描きながら、彼等はその罪の心理のなかに主人公のひそかな救いへの願望をかぎとる。そして両者の相似形を見つけようとする。

（「グレアム・グリーンをしのぶ」）

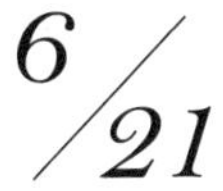

人生はどうせ醜く、うすぎたない。とくに年とれば年とるほどその思いは強まっていく。そのように醜く、うすぎたない余生に結着つけずに生きのびることは一見、卑怯にみえるようだが、醜くてうすぎたない人生だからこそ、なお生きつづけることに値し、生きつづけねばならぬという考えも成り立つのではないか。

（『お茶を飲みながら』）

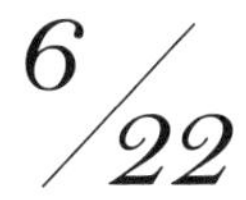

我々が何か、苦痛や不幸にぶつかるとき、その感覚はなまなましいから、どんな人間も自分だけがこの苦痛を蒙（こうむ）っているような錯覚に捉われることを彼は知っていた。不幸や苦痛はそれがどんな種類のものであれ、人間に孤独感を同時に与えるものだ。そしてこの孤独感がさらに苦痛や不幸の感情を増大する。

（『満潮の時刻』）

6/23

遠藤周作
洗礼を受ける
（1935年12歳）

「洗礼という秘蹟（ひせき）は人間の意志を超えて神の恩寵を与えるということを、あなたはお忘れのようだ。そう、彼らの受洗に万が一、そのような不純な動機があったとしても、主は決してその者たちをその日から問題にされない筈はない。彼らがその時、主を役立てたとしても、主は彼らを決して見放されはしない。」

（『侍』）

6/24

三種類の人間がいる。ひとつは生活次元の利益や損得が自分の人生のすべてであると考える人間。我々の多くがそうである。もうひとつは生活次元をこえた人生こそ本当のものだと思い、前者が拒否しようとする苦しみや病気にも価値を発見しようとする人間。……更にこの二つの間をゆれ動く人間がいる。生活次元がすべてではないと思うが、徹底的に人生次元に突入できぬ人間。

（『最後の花時計』）

聖書に書いてあるままに、天使があらわれ、墓に布一枚を残してイエスが昇天していった話を素直に信じられたらどんなにいいだろう。彼はむかし素直にそれを信じて教会に来る年寄りや女たちを軽蔑していた。だが今は、その人たちにまじりミサにあずかるたびに、羨望(せんぼう)と、劣等感とを味わうのだった。

(『巡礼』)

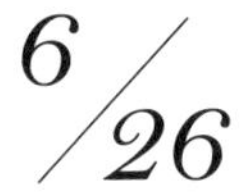

明石は飽かず、長い間、その風を見つめた。風が見える。爽やかな風が眼にしみる。(何年、こんなことに注意しなかっただろうか) 病気をするまでの自分の多忙な生活の中で、こうした樹木と葉と風との微妙な協奏曲も一度も眺めたことがないのに明石は気がついた。

(『満潮の時刻』)

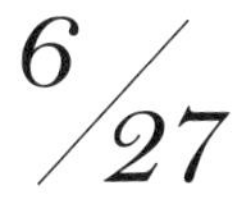

人間は〈機能=役に立つ・役に立たない〉ということだけで見るべきものじゃない。機能以外に、いろんなものを持っている。目に見える形での〈役に立つ〉こと以外に、目に見えない〈役〉もあるのだと知っておいたほうがいい。

(『考えすぎ人間へ』)

6/28

「その友のために」いや、「人間のために自分の命を捨てるほど大きな愛はない」それこそが人々に無力にみえようとも、神の最高の存在証明なのだ。

(『イエスの生涯』)

6/29

わからぬか。基督がもし我等を愛してくださるなら、嘉助、お前さまの弱さ、お前さまのその足の痛さ、踏絵を踏む者の足の痛さを知っておられる。

(「黄金の国」)

6/30

人間を描くこと、しかも真実の生きた人間を描くこと、これを文学者モーリヤックは考えた。けれども真実の人間、生きた人間を書くためには、人間のもつ美しい部分だけではなく、その汚れた世界、罪の領域にまで眼を注ぎ、それに触れねばならぬのです。

(「宗教と文学」)

7月

July

7/1

悪魔とは、きわ立ってはっきり見えません。ほこりみたいなものです。……目に見えないほこりがいつの間にかたまって、部屋が汚れているのと同じように人の心の中で愛を失わせるものがどんどんたまっていく、それを悪魔の働きと言うのです。

(『私にとって神とは』)

7/2

「理にて神（デウス）が在るとは説明できませぬ。神（デウス）がましますのは、人間一人、一人の生涯を通して御自分の在ることを示されるからでございます。いかなる者の生涯にも、神（デウス）が在ることを証（あかし）するものがございます。」

(『侍』)

7/3

他人がわかると思い、その人を軽々しく裁いたり、罰したりできる者こそ、「人間を知る」地点からもっとも遠い。

(『お茶を飲みながら』)

7/4

「何のために、そんなことを、なさっているのですか」すると修道女の眼に驚きがうかび、ゆっくり答えた。「それしか……この世界で信じられるものがありませんもの。わたしたちは」……玉ねぎ〔イエス〕は、昔々に亡くなったが、彼は他の人間のなかに転生した。二千年ちかい歳月の後も、今の修道女たちのなかに転生し、大津のなかに転生した。（『深い河』）

7/5

私が知ったことは……聖アンナ像と弥勒菩薩との間にはどうにもならぬ隔たりのあるということだけでした。外形はほとんど同じでもそれを創りだしたものの血液は、同じ型の血ではなかった。……違った型の血液を送りこまれれば人間は死んでしまうように、違った型の精神を注入された者が砕かれぬ筈はない。（『留学』）

7/6

その泪(なみだ)でイエスはすべてを知られた。この女がどんなに半生、人々から蔑(さげす)まれ、自分で自分の惨(みじ)めさを噛みしめたかも理解された。その泪で充分だった。……「もう、それでいい。わたしは……あなたの哀しみを知っている」とイエスは彼女にやさしく答えた。（『イエスの生涯』）

7/7

人間、根を失うと、辛いのでございましょう。

(「メナム河の日本人」)

7/8

愛とは、情熱とはちがうからです。情熱にひたるということは誰にでもできますが、愛するということは、そうやさしくできるものではないからです。情熱とは現在の状態に陶酔することですが、愛とは現在から未来にむかって、忍耐と努力とで何かを創りあげていくことです。

(『恋することと愛すること』)

今や詩人は影を通して光を見る。寧（むし）ろ影が一層光を強調する。影がある故に光は一層せつなく、永遠である。

(「堀辰雄覚書」)

7/10

群衆の誤解による支持と人気とが、もうすぐ劇的な終りをつげるのをイエスは知っておられた。もう、すぐ、あなたたちは私を見棄てるだろう。もう、すぐ、あなたたちは私を捕える者たちに味方するであろう。なぜなら、私はあなたたちが望むようなことをしないからだ。

(『イエスの生涯』)

7/11

しかし、人生の友を何人もっているか？　自分の胸に手を当ててよく考えてほしい。役に立つ友だち、生活上の相手ではなくそういう利害や損得を度外視して、なおかつ、そいつがいないとオレはつらい、という友だちがあるかということです。

(『自分をどう愛するか〈生き方編〉自分づくり』)

7/12

教会のなかに入る。……そこは日曜日ごと、私が坐(すわ)っていた場所だった。……あの頃、子供ながら祈っているふりをしている自分の偽善が辛かった。自分に嫌悪を感じた。そしてこんな自分を信じさせるようにしてくださいと心のなかで呟(つぶや)いた。その恥ずかしい思い出が私の心にはっきりと蘇(よみがえ)ってくる。

(『よく学び、よく遊び』)

7/13

ビクビクすること、屈従することは恐れることである。畏れることは、これとちがう。畏れるとは人間が人間についてあまりに過信をもたぬ何かを持つことだ。平たくいえば、自分の考え、自分の思想だけが絶対無比であり、ただひとつ正しいものだという傲（おご）った優越感を持たぬことだ。

（『お茶を飲みながら』）

7/14

私はひたぶるに富士山にのぼろうとはしなかった。ひたぶるに神を求めたとも思わない。しかし一度、神を知った者は神のほうが捨てようとはされぬから、安心して神に委（まか）せているのである。

（『生き上手 死に上手』）

7/15

現代の日本文学の一番の欠点は人間の内部に途中まで錘（おもり）をさげて、もっと深くまでおりることを断念しはじめた点にあると思う。はっきり言えば、日本の作家たちは……小説家の本来的使命である人間内部の探究を次第に怠りはじめ、……魂の探究を逆に忘れたのである。存在の渇望を無視しているのである。

（「現代日本文学に対する私の不満」）

7/16

庶民の味方という言葉はひどくきこえがいい。しかし、これほど薄手のセンチな言葉はない。その底には、当人の不勉強と実力のなさをこの言葉で誤魔化そうとするものが隠れてないか。第一、庶民、必ずしもいつも正しいとは限らない。本当の偉大な政治家は庶民の味方にならなくても、庶民が最後には味方するものである。 (『春は馬車に乗って』)

7/17

たった一行の詩を書くために詩人が人生の悦(よろこ)びと共に人間の数多い哀しみを見ねばならぬという『マルテの手記』の一節は老若をとわずすべての芸術家がいつも心しておかねばならぬ言葉だろう。

(『心の砂時計』)

7/18

長い間、彼の信仰はその俗的な野心のため、必ずしも純粋とは言えなかった。……だが今、死刑を前にして信仰以外に何に頼り、何を支えとできるだろう。

(「鉄の首枷」)

7/19

人間が……、正直、率直におのれの内面と向きあうならば、その心は必ず、ある存在を求めているのだ。……自分の悲しみを理解してくれることに望みを失った者は、真の理解者を心の何処かで探しているのだ。……だから人間が続くかぎり、永遠の同伴者が求められる。……その切ない願いにイエスは生前もその死後も応えてきたのだ。（「キリストの誕生」）

7/20

地方にも生きられず、江戸にも住みえなかった二人。どこへ行っても根のない人間である弥次さんと喜多さん。それだからこそ彼等は旅をしなければならなかったのである。
……二人は寂しいから洒落（しゃれ）のめすのである。寂しいから江戸ッ子だと威張るのである、寂しいから彼等はぐうたらに憬（あこが）れるのである。彼等の心にはどこかお人よしの部分と小狡（こずる）い部分とそして何かにたいする劣等感がある。その劣等感とはそれぞれの国、それぞれの宿場に定住する人への根なし草の人間の劣等感なのだ。（「私の「膝栗毛」」）

7/21

人生で苦しんだ奴は人生の一つの面を確かに見ることができるのです。苦しみ、悲しみに直面した者は、その都度、人生の中に足を踏み入れているといえます。

(『男感覚 女感覚の知り方』)

7/22

戦友たちが飢えと病気で次々と死んでいき、その泣声や哀願の叫びを耳にしながら生きながらえた者は日本に戻り、民主主義や平和をわがもの顔に語る人たちに理窟ではわり切れぬ怒りを感じたにちがいない。私たちはあの戦争を多少でも体験した最後の世代である。……八月が近い。……辛い、嫌な夏がまたやってくる。

(『心の航海図』)

7/23

感情に突きうごかされて行った愛なり善なりは（正確にいうと自分では愛であり善いことだと思っている行為が）、相手にどういう影響を与えているか考えないことが多い。ひょっとするとこちらの善や愛が相手には非常な重荷になっている場合だって多いのである。向うにとっては有難迷惑な時だって多いのである。

(『生き上手 死に上手』)

7/24

その〔人間をじっと見ている基督の〕眼差しが小説を書きながら、私のなかで余計に感じられれば感じられるほど、私はその小説がうまく運んでいるのだと思う。……心理の背後に人間の内部には……基督の眼がそれをみている内部領域がある。

(「私の文学」)

7/25

基督は美しいものや善いもののために死んだのではない。美しいものや善いもののために死ぬことはやさしいのだが、みじめなものや腐敗したものたちのために死ぬのはむつかしいと私はその時はっきりわかりました。

(『沈黙』)

7/26

生き残った連中は戦争裁判や未来の平和ですべてを始末したつもりか知らないが、死んだ人間の苦しみはそれだけじゃ、もとへ戻らない

(『青い小さな葡萄』)

7/27

うっかりして言った言葉は意識しない、いわば無意識で出た言葉だから本音なのである。

(『心の夜想曲』)

ぼくが見つけた〝愛〟の真理というのは、苦しみが人間のあいだにあるからこそ、人間の愛は生まれるということです。一人の人間が他人に対して〝愛〟を示し得るのは、その人間同士に苦しみという共通項がなければ生まれないということです。

(『男感覚 女感覚の知り方』)

それぞれが勝手な思わくで他人を見ているのだし、また我々は他人にうつる自分の姿が結局は影にすぎぬことも知っている。けだし自分の素顔を知る者は自分と神のみだからだ。

(『心の砂時計』)

7/30

湖畔の村々は小さく、みじめだったが、イエスにとってそれは世界のすべてだったのである。彼はこの世界のすべての人間の哀しみがひとつひとつ、自分の肩にのしかかってくるのを感じられた。やがて彼がいつか背負わねばならなかった十字架のように、それらはずっしりと重く彼の肩にかかってきた。

（『イエスの生涯』）

7/31

うまく年をとって従容（しょうよう）として死んで行っても、じたばたして死んで行ってもいいと今の私は思うんです。理性ではみにくい死にざまはしまいとして、それを実行しようとしても、意識下では人間はやはり死にたくないからです。神はそんな我々の心の底をみんなご存じのはずです。だから神の眼からみると同じなんです。じたばたして死ぬことを肯定してくれるものが宗教にはあると思うからです。

（『死について考える』）

8月

August

他人が勝手にあなただと思っているような「あなた」のほかに別の「あなた」がいるのではないでしょうか。あなただけしか知らぬ「あなた」が。あるいはひょっとするとあなた自身も気づかぬ「あなた」が。

（『ほんとうの私を求めて』）

向うから友人がくる。我々が彼を見て笑いかけるのは、その人とつながろうとする心の表現である。我々が誰かを笑わそうとするのは、それによってみなを楽しくさせようとするつながりの表現である。笑いというのは人間がもう一人の人間にたいする愛情のなんらかのあらわれとしても存在する。

（『春は馬車に乗って』）

なるほど、この受難物語に見られるように聖書のなかには必ずしも事実ではなかった場面があまた織りこまれていることを私は認める。しかし事実でなかった場面もそれがイエスを信仰する者の信仰所産である以上、真実なのだ。それは……その時代の信仰者がそれを心の底から欲した場面であるから、真実なのである。

（『イエスの生涯』）

情熱とはある意味で自己中心主義、一種のエゴイズムであることも理解して下さるでしょう。だが愛とは、このようなエゴイズムだけではなく、むしろこのエゴイズムを棄てようとする闘いなのであります。

（『恋することと愛すること』）

一人の人間が死んだというのに、相変らず空は晴れ、相変らず、外界ではバスや車が走っているのは何故だということを今日まで、明石は一度も自分に問うたことがなかった。

（『満潮の時刻』）

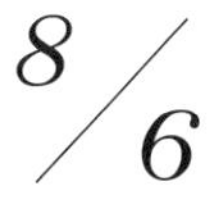

広島原爆投下
（1945年）

戦中派の私はあの戦争が終った時から（いや戦争中から）いわゆる社会道徳や群集道徳などは当てにならぬものだと思ってきた。それは状勢の変化によって恥ずかしげもなく変ることができるものであり、それよりも私の一番イヤな正義漢面（づら）を人々の顔にかぶせるものだからである

（「私の愛した小説」）

ポーロ〔パウロ〕の死がもし、そのようなあわれきわまるものだったら生き残った彼の仲間は何と叫んだであろうか。なぜ、あれほど福音を人々に伝えるため生涯を捧げた男に、神はこんなみじめな死を与えたのか。なぜ、神は彼を助けず、彼に栄光ある死にかたをさせず、犬のように死なせたのか。なぜ。なぜ。人々はその謎に沈黙する。（「キリストの誕生」）

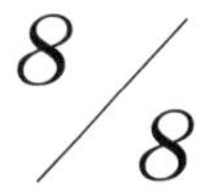

東洋人の宗教心理には「母」なるものを求める傾向があって、「父なるもの」だけの宗教にはとても従いていけぬというのが私の持論である。

（「ガンジス河とユダの荒野」）

長崎原爆投下
（1945年）

だが菅は戦争の思い出のなかで消せるものと消せぬもの、忘れることのできるものとできぬものとのあることを考えた。もし神があったら、神のようにこの罪を許すと言える存在があったら。

（『松葉杖の男』）

8/10

だから、感受性の鋭いやつっていうのは、芸術的にいいかもしれないけど、そいつらはえてして小心でエゴイストだ。男性的な生活というのも、神経が粗雑な場合もある。長所イコール欠点、欠点イコール長所だということは、二十五年ぐらい生きればわかるだろう。 （『自分をどう愛するか〈生活編〉』）

8/11

私は自分のなかに二つの自分のあることを少しずつ知るようになった。外づらの自分は他人や社会に見せる顔だけでなく、自分の意識のなかで形づくっている顔でもある。……しかしその外づらの私が気づいてはおらぬ「私」がもうひとつある。それがひそかに外づらの私を遠隔操作している内づらである。

（『心の夜想曲』）

8/12

「デウスは万物を善きことのために創られた。この善のために人間にも智慧（ちえ）というものを授けられた。ところが、我々はこの智慧分別とは反対のことを行う場合がある。それを悪というだけだ」

（『沈黙』）

8/13

イエスはその愛を言葉だけでなく、その死によって弟子たちに見せた。「愛」を自分の十字架での臨終の祈りで証明した。弟子たちは命をかけたこのすさまじい愛の証明の前にもう他に言うすべがなかった。自己弁解も自己正当化も不可能になったのである。

（「キリストの誕生」）

8/14

コルベ神父
帰天
（1941年）

神父は愛で死んだイエスの苦しみを思い、そのイエスの最後に自分の最後を重ねて耐えようとしているのだろうか。……虚栄心のために飢餓室でむごい、苦しい、みじめな死を選ぶ馬鹿はいる筈がなかった。……愛がない闇。（愛がない世界ならば、愛をつくらねば……）突然、ヘンリックはいつかコルベ神父が言っていた言葉を心に甦らせた。神父たちの入れられている飢餓室もこの時、闇にとざされていた。

（『女の一生　二部・サチ子の場合』）

コルベ神父：1941年、アウシュヴィッツ収容所で他の囚人の身代わりとなって逝去。

敗戦
(1945年)

戦時中、うしろめたさを感じなかった日本基督教徒はいなかったのではないだろうか。彼等は……敵性宗教を信じているためにたえず圧迫をうけ、何らかの形で白い眼でみられたことも事実だった。……うしろめたさを持つゆえに、彼等は二重生活を行った。……二重生活を行うことで身の安全を保たざるをえなかった。（「うしろめたき者の祈り」）

真実を打明けるのは勇気のいることだ。しかし語るということが真実を伝えるのでなければ、そこに何の意味があろう。（『青い小さな葡萄』）

十二人の弟子を主人公にして聖書を読みなおしてみると、そのテーマは「弱者はいかにして強者になったか」ということになる。ダメな人間だった彼等は最後には自分を最も愛してくれた人を裏切り、見すてたほどダメな人間だった。そのダメな人間たちがやがて死と迫害にも屈せず原始基督教団を結成する強者となる。（「弱虫と強者とについて」）

8/18

「神は手品師のように何でも活用なさると。我々の弱さや罪も。そうなんです。手品師が箱のなかにきたない雀を入れて、蓋をしめ、合図と共に蓋を開けるでしょう。箱のなかの雀は真っ白な鳩に変って、飛びたちます」

(『深い河』)

8/19

恩愛、欲望、肉体、異性、みな幻影とは考えられぬところに我々人間の情けなさや悲しみがある。だがこの色相を幻影と思わず徹底して執着していくと、いつかその「性（さが）を認得する」に至る。そしてその性のなかに救いの可能性がひそかにふくまれていたこともわかる。

(『生き上手 死に上手』)

8/20

共時性のある出来事にぶつかったならば「偶然さ」などと思わないで、この眼にみえぬ結びつきのなかで「心が囁（ささや）いているものは何か」と考えたほうが、はるかに人生に深く足をふみ入れることができる。

(『万華鏡』)

8/21

信仰を、日本では一般に、百パーセントの確信というふうに考えがちです。そうじゃなくて、……ベルナノスの言う九十パーセント疑って十パーセント希望を持つというのが宗教的人生であり、人生そのものでもあると思うんです。人間というのは、そんなに強かったら宗教は要らないと思います。

(『私にとって神とは』)

8/22

人間は天使でも悪魔でもない。人間が人間的条件をこえて超人たらんとする時、彼は必ずや己がふみこえた領域の圧力に耐えかねて粉砕されるであろう。

(「フランソワ・モーリヤック」)

8/23

イエスがこれら不幸な人々に見つけた最大の不幸は、彼等を愛する者がいないことだった。彼等の不幸の中核には愛してもらえぬ惨めな孤独感と絶望が何時もどす黒く巣くっていた。必要なのは「愛」であって病気を治す「奇蹟」ではなかった。

(『イエスの生涯』)

8/24

だから私は、人間には神を求める心があれば、まずそのままでいていいと思うのです。つまり神は働きだといいましたけど、その人がキリストを問題にしないでも、あるいは仏さんを問題にしないでも、キリストが、仏が、その人を問題にしているから、大丈夫、ほっておいていいのです。

(『私にとって神とは』)

8/25

夏が終る頃、この部屋には一体、どんな人が住むだろう。その人は長い歳月、私が仕事をしたり、考えこんだりした空間でいったい何をやるのだろうか。

(『心の砂時計』)

8/26

サドの魂はたえず、しびれるような魂の陶酔と、この陶酔が永遠にいわゆる神への没入の中に続くことをねがっていた。もし永遠と陶酔が基督教のなかに発見されていたならば、彼は烈(はげ)しい信仰者となったかもしれぬ。

(「サド伝」)

8/27

自分一人だけが苦しんでいるという気持ほど、希望のないものはございません。しかし、人間はたとえ砂漠の中で一人ぽっちの時でも、一人だけで苦しんでいるのではないのです。私たちの苦しみは、必ず他の人々の苦しみにつながっている筈です。

(『わたしが・棄てた・女』)

8/28

病床で読む本は健康の時に読む本より心に一語一語くいこんでくる。不安の気持が何かをつかもうと必死に心を本に集中させる。……現実生活では挫折しても人生の次元では収穫があるということは私のように生活と人生とをかなり区別して考えている者には救いだった。

(『ほんとうの私を求めて』)

カトリック作家は、作家である以上、創造者である以上、読者にたいして「虚偽を語ってはならぬ」という責任をも、同時におわされているのです。第一の責任のために、彼が描く人間の真実性、世界の真実性を歪めることはゆるされないのです。

(「カトリック作家の問題」)

8/30

おなじ神を信じ、おなじ主イエスを思慕し、おなじ日本をその神の国に変えようとしながら、私たちは反目しあい、争っている。人間というものは、なぜ、いつまでもこのように醜く、利己的なのだろう。

(『侍』)

8/31

その夜、クラコフのホテルで『夜と霧』を読みながら私が思わず泪(なみだ)を流したのは、この状況のなかでさえも囚人たちに人間の愛が消えなかったことである。死の恐怖と暴力とエゴイズムの渦まくこの収容所の毎日のなかでやさしい励ましの言葉を仲間にかけ、そして自分の一日ただ一つの食べものであるパンさえを弱った友人に与えた囚人がごく少数ではあったが存在したとフランクルは書いている。……彼等が今、生きているならば昔と同じように無名で、つつましやかにどこかの町で暮しているかもしれぬ。だがその人たちこそ、この収容所を見た者に「人間はやはり信ずるに足る」という証明をしてくれたのである。

(「アウシュヴィッツ収容所を見て」)

9月

September

9/1

「日本で一流となっても、なるほど巴里(パリ)のそれに比べれば三流の作品しか創れぬかもしれん。しかし、ここで自分の才能を過信してみじめに果てるのと、三流でも三流なりに自分の才能をともかくも生かしたのと、どちらが幸福かなあ」　(『留学』)

9/2

「苦しくて祈れません」「不安で祈れません」「もう絶望して祈れません」「神様がいないような気がしてきましたので祈れません」「こんな目にあわせる神様、とても祈れません」というような祈れませんであっても、それは神との対話ですから既に祈りです。たとえ祈れなくても神がそれを大きく包んでくれるというような感じがします。　(『死について考える』)

9/3

自分を愛してくれる者のために死ぬのは容易(やさ)しい。しかし自分を愛してもくれず、自分を誤解している者のために身を捧げるのは辛い行為だった。英雄的な華々しい死に方をするのは容易しい。しかし誤解のなかで人々から嘲られ、唾はきかけられながら死ぬのは最も辛い行為である。　(『イエスの生涯』)

9/4

我々は事実だけの世界で生きているのではない。いや、むしろ我々は事実を通して事実の中に自分のための真実を探し、それによって生きているのである。

(『万華鏡』)

9/5

マザー・テレサ帰天(1996年)

何という苦しい作業だろう。小説を完成させることは、広大な、余りに広大な石だらけの土地を掘り、耕し、耕作地にする努力。主よ、私は疲れました。もう七十歳に近いのです。七十歳の身にはこんな小説はあまりに辛い労働です。しかし完成させねばならぬ。マザー・テレサが私に書いてくれた。God blesse〔ママ〕 you through your writing.

(『遠藤周作全日記【下巻】 1962-1993』)

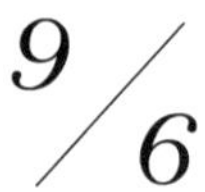

そう、踏絵の基督は泣きながらこう言われたであろう。踏むがいい。踏むがいい、私をと。そのためにこの私はいるのだ、人間たちの苦しみに踏まれるためにこの私はいるのだ。人間たちのその足の痛さを引きうけるためにこの私はいるのだ。

（「黄金の国」）

愛するとは状態ではなく創る行為です。貴方がその女性を幸福に創りあげるためになしていかねばならぬ努力や決意は個人の自由に委（まか）せられています。その努力は決してやさしいものではない。情熱のように華やかなものでもない。

（『恋することと愛すること』）

一人の人間がもう一人の人生に残していく痕跡。我々は他人の人生の上にどのような痕跡を残し、どのような方向を知らずに与えているのか、気がつきませぬ。

（『影法師』）

私と切支丹時代との結びつきは私自身の問題の投影であったから、そこに異国趣味を見出すような余裕はとてもなかったのである。日本人としてあの時代の人たちがなぜ殉教できるまで基督教の信仰を持ちえたかが、私の切支丹時代の関心の第一歩になった。

(『よく学び、よく遊び』)

9/10

その一本道は確実に長政が歩き、お市が歩き、後の淀君も歩いた道である。三百年後、その山道を私も歩いている。こういう時ほど小説家である自分の胸が疼く(うず)ことはない。

(『心の砂時計』)

しかしこの人生で我々人間に偶然でないどんな結びつきがあるのだろう。……ぼくはあの時、神さまなぞは信じていなかったが、もし、神というものがあるならば、その神はこうしたつまらぬ、ありきたりの日常の偶然によって彼が存在することを、人間にみせたのかもしれない。

(『わたしが・棄てた・女』)

9/12

そんな私の最後の拠りどころは、神の深い御意志は人間の察知するところではないという一点だけにかかっていた。我々にとって挫折にみえるものは、実は神の歴史のなかでは意味のある種であり、将来の成果のための布石なのかもしれない。(『侍』)

9/13

日常生活のなかに宗教が混入されることで幸福にも私は子供の時から(必ずしもいい信者ではないが)人間を包み、人間を超えたXのあるのを否定することができなかった。その否定することのできなかったものを、小説家の私が自らを偽ることなしに、いつかは探りあてたいというのが夢だったが、今ではそれも可能なような気がする。だから私はこれだけは確信をもって言える。「人間を知らずに宗教は語れない」「人間の探究を怠って本当の宗教はない」(『心の夜想曲』)

9/14

鈍重で無気力にみえたこの男〔ルイ十六世〕には、この平凡人なりの優しさがあった。この平凡人の優しさは生涯、人々に馬鹿にされ、今日でも伝記作家によって見くだされている。しかし、私はそんな彼があわれになるだけに、その最後にみせた優しさに余計、心ひかれるのかもしれぬ。

(『よく学び、よく遊び』)

9/15

老いにもある利点がある。若いころには潜在していてまだ顕われなかった感覚が動きはじめることだ。

(「老いの感受性」)

9/16

その〔死別の〕時、夫婦とか、愛しあっている人間はあの夫婦のようにただ手を握りあうことしかできないのだろうか。「でも手を握ってあげるだけで違うのよ」……「ええ、手を握ってあげるだけで……掌と掌を通して、あたしたちが一緒にいるっていう気になるんでしょうか……」

(『葡萄』)

9/17

神がこの私に何を望まれているかがわかった以上、身を委(ゆだ)ねよう。それは決して弱々しい諦めではなく、主イエスが十字架で身をもって示されたあの絶対的信頼なのだから。（『侍』）

9/18

〝自信〟というものが、人生をプラスに導く力があるとするならば、我々は生活の中に小さな自信をたくさん作るべきだ。それが、あなたの人生を変えるほどの大きな自信につながっていくということも忘れてはいけません。（『男感覚 女感覚の知り方』）

9/19

彼等を見る時、イエスの心は痛んだ。血の吹きでるように憐憫(れんびん)と愛があふれ出た。人は美しいものと魅力あるものに心惹かれるが、みにくいもの、きたないものには眼をつぶる。イエスの場合はその逆だった。（『イエスの生涯』）

9/20

私はこの道ひとすじにすべてをかける人を尊敬するが自分はそういう人物ではないし、そういう人物になりたくもない。私はひたぶるではなく「のんびり、楽しく」神を求めたといってよい。

(『生き上手 死に上手』)

9/21

死亡欄は、我々より半時間前にその縁側を去った人たちの短い人生の要約である。ああ、長くみえた彼の一生も、要約すると、何と短いものだろうか。もし当人があの死亡欄をみたとしたら、がっかりしない人はまずないだろう。(もっとあった。もっとあった) 彼は社会に向って、そう抗議したいだろう。

(『最後の花時計』)

「なにも創らん者に、創る者の辛さがわかるかい」

(『留学』)

9/23

我々はイエスの生涯を正確にたどることはできぬ。事実の通りイエスの行動を記録することもできぬ。しかし聖書を読むたびに私たちが生き生きとしたイエスやそれをとりまく人間のイメージをそこから感じるのはなぜだろう。それは事実のイエスではなくても真実のイエス像だからである。

(『イエスの生涯』)

9/24

神の扉が開かれるのは人間のなかの浄らかな面だけではなくて、愛慾のようなドロドロとした面でもあり、神が働くのは人間の純粋な部分にだけではなく、よごれた部分においてでもあるといえるのだ。

(「私の愛した小説」)

9/25

私にいわせるとどんな人間にも外づら(社会にみせている顔)とは別に他人の知らぬ別の面がある筈だ。その別の面はあまりに複雑で混沌としているから当人も把握することはできないのである。しかし把握できなくても誰もが心の奥には他人の知らぬ顔をかくしていることだけは確かだ。

(『心の夜想曲』)

基督教の信仰というものは多くの場合、長い人生の集積をさすのであって、普通、考えられているように改宗、もしくは受洗した日から一挙に心の平安や神への確信が得られるものではあるまい。神はその人の信仰が魂の奥に根をおろすまで、陽にさらし雨をそそぎ、さまざまな人生過程をあたえられる。

(「鉄の首枷」)

ひとつひとつの言葉には、語意だけでなく色やつやや匂いがある。

(『心の砂時計』)

不幸や苦しみは、自分一人だけに起こっているんじゃないと認識することがまず大切です。聖書に「神はよきものの上にも、悪しきものの上にも雨を降らせる」という言葉があるが、不幸はどんな人間にも訪れるのです。苦しみはどんな人も味わうのです。

(『男感覚 女感覚の知り方』)

9/29

遠藤周作
帰天
（1996年73歳）

一人の人間が他人の人生を横切る。もし横切らねばその人の人生の方向は別だったかもしれぬ。そのような形で我々は毎日生きている。そしてそれに気がつかぬ。人々が偶然とよぶこの「もし」の背後に何かがあるのではないか。「もし」をひそかに作っているものがあるのではないか。（『もし……』）

私が今度の戦争にまきこまれ、学業を中途ですてて、軍隊に入らされると知った時、はずかしいことですが、全身、これ混乱しました。……文学を読んでいる私は、どんな人間にも、深い人生があることを知りました。表面は何もないようでも、沼のようなその底にはその人の苦しみ、悲しみ、悦(よろこ)びと共に願いと祈りとが、地層のように集積しているのだと知りました。一人の人を殺すことは、その生命を奪うだけではない。彼のすべてを、その人のせつない願いや祈りまで理不尽に抹殺することです。私にはとても、そんなことはできません。

（『女の一生　二部・サチ子の場合』）

10月

October

10/1

我々の人生に起きるどんな些細な出来事も実はひそかに糸につながれ、ひそかで深い意味を持ち、人生全体という織物を織っているのだ。善だけが意味があるのではない。善ならざるものも、その織物には欠くべからざる要素であり、そしてその織物全体が何かを求め、何かを欲しているのだ。

(『心の夜想曲』)

10/2

主よ。もうあなたがわからなくなった。私の人生をこのように弄(もてあそ)び、破壊して、あなたはよろこばれているのではないか。

(『黄色い人』)

10/3

だが子宮から彼を迎えるように見えたあの光——彼は無数の雪を包み、自分を包んでいた光をそれに重ねあわせた。あの光は俺がやがて足をふみこむ次の世界の光だったのだろうか……。

(『スキャンダル』)

10/4

イエスとその人生で出会った人間たち。それは私たちと同じように何となまぐさい連中だったろう。男に毎夜だかれる娼婦。……。おのれの出世を争う弟子たち。あのペトロさえ、鶏が三度なく朝、自分の師を見捨てたのである。彼らと私とが同じような人間であり、私が彼らであるとわかった時、聖書は俄然、身近になってきた。　(『よく学び、よく遊び』)

10/5

純愛は映画や小説の中にあるのではない。ミソシルをのみイワシを食っている貧しい我々の夫婦生活の中から一歩一歩創りあげていけるものなのである。

(『春は馬車に乗って』)

10/6

ぼくもなんとか自分の性格を直そうと思って、この五十数年間やってみたけど直らなかった。直らないんだったら、この短所というのか、弱いところを自分のいい面にすることはできないか、ということを考えるべきだ。　(『自分をどう愛するか〈生活編〉』)

キチジローの言うように人間はすべて聖者や英雄とは限らない。もしこんな迫害の時代に生れ合わさなければ、どんなに多くの信徒が転んだり命を投げだしたりする必要もなく、そのまま恵まれた信仰を守りつづけることができたでしょう。 （『沈黙』）

俺たちが他人を摑めるというのは、長い時間を経ているうちに、そいつの色々な印象や態度がつみかさなって、一つの彼の性格を想像するわけだ。

（『青い小さな葡萄』）

「神は存在というより、働きです。玉ねぎは愛の働く塊（かたま）りなんです」

……

「玉ねぎはある場所で棄てられたぼくをいつの間にか別の場所で生かしてくれました」

（『深い河』）

10/10

人間のもっている見栄というのも必ずしもマイナスだけではなく、自分に対してこれを用いれば、豊かな人生が開けてくるし、これをユーモア化して、仲間と愉快に遊ぶ方法にもなるのです。

(『男感覚 女感覚の知り方』)

10/11

〔ガンジス河畔では〕死者が焼かれている場所の近くで、新しい夫婦が祝福を受けている——日本ではまったく考えられない……——この光景を目撃して私は言いようのない感動をおぼえた。死ぬる場所と新しい生を迎える場所とがここでは共存しているからだ。二つは別々のものとして分けられず、同じ場所を共有しているのだ。　(『異国の友人たちに』)

10/12

一人でもよい、よろめきかかった日本人信徒を励し、勇気づける。一人でもよい、神を知らぬ日本人に主の教えを伝える。一粒の種を日本の土壌に落す。それが彼の使命でなければならなかった。

(「銃と十字架」)

10/13

私の人生には、毎日、共に暮しても、心に痕跡を残さぬ相手もいたし、たった一度、出会っただけで消し難い思い出を与えた人間もいた。そしてまた、その時は何も感じず、その後も忘れてしまっていたのに、長い歳月の後、急に気になりだす者もいる。

(『死海のほとり』)

10/14

この世の中には、あなたたちが気がつかない不思議さがたくさんある。そのうちの一つでも二つでもいいから、不思議なことにぶつかってほしい。また、不思議なものを見る目を養っておくことです。それが、あなたの人生を豊かにし、価値あるものにする方法じゃないかと思う。

(『自分をどう愛するか〈生き方編〉自分づくり』)

10/15

私に子供がいて、それが癌にかかったとすると「神様、お願いします、助けてください」と、親だから当然祈ります。にもかかわらず死んでしまったら、奇跡も何もないじゃないか、神も仏もないじゃないかと思うでしょう。でも、そういうところから本当に宗教が始まるんではないでしょうか。

(『私にとって神とは』)

10/16

いいか、嘉助殿。神さまはな、お前さまのように己がつまずきに泣く者のためにおられるのだ。

（「メナム河の日本人」）

10/17

試練のなかでも彼等〔弟子たち〕はイエスを忘れることができなかった。キリストが彼等の要望に応えなかったのに、彼等はキリストをなお信じつづけている。イエスのことを考えずに彼等は生きていけなくなっている。イエスは彼等を捕えて放そうとはしない。

（「キリストの誕生」）

10/18

生は死と溶け合い生の中に死が影を与え、死の中に生が光を与える。

（「堀辰雄覚書」）

10/19

悪の中にも罪の中にも神の働きがあるということを言っておかねばなりません。どんなものにも神の働きがあるということです。病気でも、物欲でも、女を抱くことにでも神の働きがあるということを、小説を書いているうちに私はだんだん感じるようになりました。神は存在じゃなく、働きなんです。

(『私にとって神とは』)

10/20

彼〔イエス〕はかくもおびただしい群衆に囲まれながら、自分がいかに誤解されているかをその悲しみのうちで知っておられた。なぜなら、イエスはただ一つのこと——愛の神をこの現実の上に証明すること——しか考えなかったからである。

(『イエスの生涯』)

10/21

愛とは選択や決意ではなく、持続だ。

(『愛情セミナー』)

10/22

肉体的な苦痛も、この苦しみは誰にもわからん、おれ一人で苦しんでいるんだというふうに思うから、苦痛のうめきも出てしまうんだけど、このおれの苦しみをわかっていてくれる人がいるんだと思うと、苦しみの半分をその人に引き受けてもらっているような感じがして、痛みも鎮まってくるんではないでしょうか。 (『死について考える』)

10/23

ぼくは知らなかったのだ。ぼくたちの人生では、他人にたいするどんな行為でも、太陽の下で氷が溶けるように、消えるのではないことを。ぼくたちがその相手から遠ざかり、全く思いださないようになっても、ぼくらの行為は、心のふかい奥底に痕跡をのこさずには消えないことを知らなかったのだ。

(『わたしが・棄てた・女』)

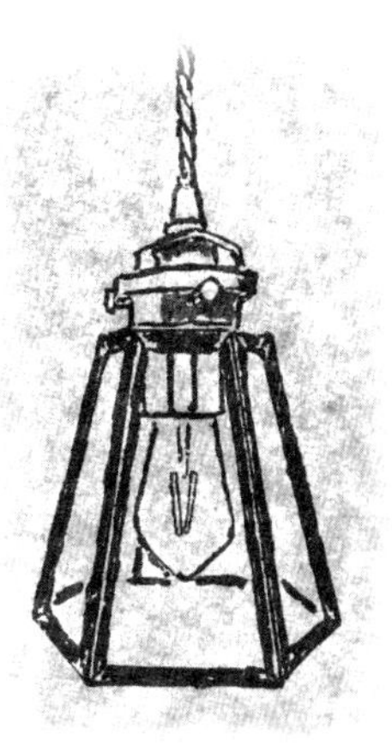

10/24

イエスが「人が安息日のためにあるのではない。安息日は人のためにあるのだ」と発言した時、それはたんに人間性の重視などという単純な問題ではなく、ユダヤ教が守った神聖にたいして愛の神聖さで挑んだ危険きわまる発言だったのである。

（「キリストの誕生」）

10/25

私たちが芸術と創造との刺激をうけるのは、こうした実人生の体験でなく、彼が一枚の絵・一つの音楽・一つの小説・一つの詩を他の優れた芸術家を通して、変革された現実に接する時なのだ。

（「芸術の基準」）

10/26

たとえばアウシュヴィッツの収容所。あらかじめ計画された大量殺人が毎日、ガス室で行われ、それを実行した将校は家に戻るとモーツァルトを聴き、我が子を愛撫している。これほど私たちを震えさせた話はない。

（『最後の花時計』）

10/27

怒るときは相手に逃げ道を与えよ、ということ。部下を叱る、友だちに怒るときでも、逃げ道だけは一か所あけておくことだ。逃げ道も与えず全部封鎖してしまうと、たいへん危険です。せっかく自分が善意をもって怒ったとしても、恨みを買ってしまうことになる。

(『自分をどう愛するか〈生き方編〉自分づくり』)

10/28

私は老人は自分の「老い」を「老い」として受けいれ、その上での生き方を考えるべきだと思っている……。良寛の言葉に、「死ぬ時は死ぬがよし」という名言があるが、それに倣って「老いる時は老いるがよし」という言葉を私は老人に贈りたい。

(『心の砂時計』)

10/29

どんな人間の心にも、小さなことを絶対化してしまう傾向や癖があるらしい。

(『生き上手 死に上手』)

10/30

狂える心。それは私の無意識にひそむもう一人の私（影）のことである。だがその狂える、罪の母胎の影だからこそ、吹けば飛ぶようなあの社会道徳などではとてもとても充たされぬのだ。影――無意識の元型は、もっと深いＸを求めている。そのＸをいつからか私は私のイエスとよぶようになった。

（「私の愛した小説」）

10/31

このようにみてくるならば、我々の人生は私たちが考えている以上に重層的なのではないのでしょうか。眼にはみえないけれど、我々の人生は平板で、跡切（とぎ）れてしまうのではなく、何かに包まれ、何かにつながっているのではないでしょうか。……我々の命は何かにつながり、何かに包まれている重層的なものではないのでしょうか。そしてすべてのものが重層的である以上、我々の命もそれより大きな命に包まれていないと、どうして言えるでしょうか。

（『死について考える』）

11月

November

11/1

この人生のなかで何よりも我々がもてあますのは心である。心を制禦（せいぎょ）しようとして、それが本当にできたという自信のある人は私には羨ましい。しかしその人が本当に心のなかにひそむ矛盾撞着を嚙みしめて制禦したのかどうか疑わしく思うけれども。

（『生き上手 死に上手』）

11/2

彼はたんなる思い出や追憶ではない、もっと決定的な何かを弟子や彼に接したガリラヤの民衆の心に残している。……それはひとつの強烈な人格が他人に与える衝撃であって、言葉ではとても表現できぬものであろう。でなければ彼は一人の預言者、一人の教師（ラビ）としてしか、生き残った者の記憶に残らなかった筈である。

（「キリストの誕生」）

11/3

神様は目に見えないではないか、目に見えない、そんな非合理的なものをどうして信じるのかという疑問を抱くでしょう。たとえばここにガラスの瓶があるのを見るように、どうして神の存在を信じられるかと思うでしょう。しかし、私の場合は……神の存在は対象として見るのではなくて、その**働きによってそれを**感じるんです。

（『私にとって神とは』）

11/4

口に出していうと、自分もいつもそれを考えるでしょう。いった手前、自分の信用は落としたくないから、無意識が活動するやないですか。無意識が活動すれば、やがてアイデアが湧いてくる。人間の自然治癒力と同じでおのずと自分の能力が開いてくるんです。

(『考えすぎ人間へ』)

11/5

「そして、いつも、いつもキリストは」……「みなさんと一緒にありますよ。みなさんと一緒にあそびますよ。みなさん、寒いときもかなしいときも知っとりますよ」

(『童話』)

11/6

さしあたって役にもたたぬことの集積が人生をつくるが、すぐに役にたつことは生活しかつくらない。生活があって人生のない一生ほどわびしいものはない。

(『生き上手 死に上手』)

11/7

だが私は神を拒みながら、その存在を否むことはできない。彼は私の指の先までしみこんでいるのだ。

(『黄色い人』)

11/8

このヨーロッパは日本人の感覚ではついていけぬ何かがある。善の深さも悪の深さも、その高貴な精神もその美しい芸術も。

(「帰国まで」)

あなたが……死を覚悟されているとしよう。その時……あなたは自分が今まで現代の人間として軽蔑していたことをきっと思いかえすにちがいない。それはやがて決別するこの地上ではどんな小さなものにもそれぞれに命の讃歌があり、それゆえに美しい意味があるのだと、あなたはさし迫る死を通して理解されるにちがいないのだ。

(『生き上手 死に上手』)

11/10

私が現代の基督教文学の作品を何回も何回も読みかえしているうちに学んだことの一つは、……「罪」とは「再生のひそかな願い」だということだった。そしてそのことを私に教えてくれたのは教会でも神父でもなくて、人間を観察するこれらの作家たち〔モーリヤック等〕によってだった。　(『心の夜想曲』)

11/11

年とったことの功徳はいくつもある。(一) たいていのことを許せるようになる。自分も長い過去で同じ愚行や過ちを数多く重ねているので、他人が同じことを犯しても「やはり」という気持がどこかに起きるのだ。…… (二) 生きることで本当に価値のあるものとむなしいものとの区別がおのずとできてくる。　(『老いてこそ遊べ』)

11/12

「人が一人で生きうるものならば、どうして世界の至る所に歎(なげ)きの声がみちみちているのでございましょう。あなたさまがたは多くの国を歩かれた。海を渡り、世界をまわられた。だがそのいずこにても、歎く者、泣く者が、何かを求めているのを眼にされた筈でございます」　(『侍』)

11/13

現実のなかに「愛の神」の投影や神の愛のしるしを見つけるのはほとんど不可能にちかい。その不可能を突破して、自分の信ずるものを証(あかし)しようとした時、イエスの生涯がはじまったのであろう。神の愛を証明するという現実では不可能にちかいものにイエスは生涯を賭けられたのであろう。

(「私の「イエスの生涯」」)

11/14

その〔留学でキリスト教との距離感が強められた〕ときから私は、自分が小説家になろうと考えたのである。つまり私にとって生涯やらなければならない自分だけのテーマができたような気がしたからである。そのテーマとは、私にとって距離感のあるキリスト教を、どうしたら身近なものにできるかということであり、いいかえれば、それは母親が私に着せてくれた洋服を、もう一度、私の手によって仕立てなおし、日本人である私の体にあった和服に変える、というテーマであった。

(「異邦人の苦悩」)

11/15

「こんな死にざまをどうしていいのかたずねたいためだ。だれにも知られず一人ぽっちで死んだこいつらを何がむくいてくれるかね。世の中が良くなろうが、生き残った者が幸福をたのしもうが、わしは知らん。わしが知りたいのはこんな死にざまに何の意味があったかということです」　　(『寄港地』)

11/16

だが悪魔は音なく歩く。聖書の十戒に定められたような罪——「汝、盗むなかれ」「汝、人の妻を恋うるなかれ」——そのように分類され、単純化されたような罪で彼は我々を乱しはしない。彼の狙うのはすべてをあの夕暮の灰色の靄(もや)のなかに浸してしまうことである。　　(「悪魔についてのノート」)

11/17

現実には力のなかったイエス。奇蹟など行えなかったイエス。そのため、やがては群衆から追われ、多くの弟子さえも離れていった無力だった師。だが奇蹟や現実の効果などよりも、もっと高く、もっと永遠であるものが何であるかを、〔十字架上のイエスの言葉を知った〕この時、彼等〔弟子たち〕はおぼろげながら会得したのである。　　(『イエスの生涯』)

11/18

文学はまた他の一つの使命を持っている。……共感の彼方に人々の苦しみと切実な死とを鎮める旋律がなければならぬ。勿論鎮魂曲（レクイエム）は、人々の苦しい叫びの解答ではない。然しそれは苦しめるもの、死せるものの裡（うち）にあって（Dans）、その苦しみと死とを静かに共感しようという仕事なのだ。

（「堀辰雄覚書」）

11/19

意味理解と、スジ書だけを追って読む。噛みしめれば噛みしめるほど味の出る言葉の使いかたや詩的なイメージはおろそかになる。「いいかい。一度読んだらスジがわかる。再読すればスジ以外の味が少しわかる。三読すると初め読んだ時、気づかなかった深みを感じる。それがよい小説を読むたのしみなのさ」

（『心の砂時計』）

11/20

私は生活と人生とは違うとその頃から考えるようになった。病気はたしかに生活上の挫折であり失敗である。しかしそれは必ずしも人生上の挫折とは言えないのだ。なぜなら生活と人生とは次元がちがうからである。

（『生き上手 死に上手』）

11/21

いくら自分をごまかそうとしても、心の中にふっとそういう声がする。お前はイヤな人間だぞ、と。でも、これは自分ではどうしようもできないから、自分を超えた何かの力であいつが幸せになってくれればいいなあと願う。そのときです、自分を超えたものを考えるようになるのは。いわば宗教を考える時期だね。　(『自分をどう愛するか〈生き方編〉自分づくり』)

11/22

この試煉が、ただ無意味に神から加えられるとは思いません。主のなし給うことは全て善きことですからこの迫害や責苦もあとになれば、なぜ我々の運命の上に与えられたのかをはっきり理解する日がくるでしょう。　(『沈黙』)

11/23

むかし本で読んだことがあるが、仲間というのは「パンを分け合う」兄弟という意味から来たのだ。だが、このジャンとかいう若僧、知識階級や学生たちは一度だって俺たちとパンを分け合ったことがあるのか。パンを分け合うのはヒモじさと圧迫を知っている階級だけができることだ。　(『学生』)

11/24

いやな性格ということはいい性格、欠点ということは同時に長所だ、ということです。また、いいやつというのは悪いやつであり、悪いやつというのはそれゆえに魅力がでるということがあるわけ。

(『自分をどう愛するか〈生活編〉』)

11/25

自分が何のためにこの地上で働かねばならぬかをやっと、みつけた所なのだ。あと十年だけでいいから生きたい。弱い性格と卑怯な心をもったけれども、やっとこのフランスで初めて、自分が人間の幸福に仕える仕事を見出しかけたのだ。生きたい。

(『遠藤周作全日記【上巻】 1950-1961』)

11/26

挫折のない人生などはない。言いかえれば、挫折があるから人は生き甲斐ではなく、生きる意味を考えるようになるのだ。我々の人生に挫折がなかったら、屈辱感がなかったら、人はいつもウシロメタサ、ヤマシサの効用もわからず、そのため人生の意味のふかさを知らずに生涯を終るだろう。

(『お茶を飲みながら』)

11/27

我々はユダをイエスの単純な反抗者とは思えない。なぜなら多くの弟子たちがイエスを次々と見棄てた後も、ユダは師のあとを従ってきた一握りの者たちの一人だったからである。そして他の仲間たちがまだ理解できぬ師の真意を彼だけは感じて、ここまで従(つ)いてきたとするならば、彼の心にも苦しい闘いがあったにちがいない。

(『イエスの生涯』)

11/28

朝、ミサ。いつもと違って今朝のミサは母や兄がその秩序にいる神（キリスト）の愛をひしひしと感じた。というより少年時代のあの夙川の教会の思い出が蘇(よみがえ)り、私は幸福感に充された。そしてここは生活ではなく人生だと心の底から思った。（毎日土曜まで私が送っているのは生活だ）今後は毎週ミサに来よう。そして人生にふれよう。悦(よろこ)びを感じながらミサの終り、母の好きだった聖歌をきく。

(『遠藤周作全日記【下巻】 1962-1993』)

11/29

他人の人生のなかに忘れることができない痕跡を残すというのは、やはりこれは愛情だと思います。他人に痕跡を残す最大のものは愛情です。例えば失恋したり、男に捨てられた女も、時間がたてば忘れてしまうでしょう。しかし、受けた愛情の痕跡というのは一生続くような気がしてならないのです。

(『風の十字路』)

11/30

主よ、母があなたを信じましたので、私も母に賭けます。
兄があなたを信じようとして死んだのですから、私も兄に見ならいます。
……井上洋治があなたのため生きたのですから私は井上に賭けます。
私を愛してくれた人々は常にあなたを信じている人でした。だからあなたぬきで私の人生はなかったといえます。私に力をかしてください。

(『遠藤周作全日記【下巻】 1962-1993』)

12月

December

12/1

自己嫌悪を乗りこえることが大人になることなんだ。それには、自分のイヤな性格、劣っている能力を、いかにプラスに作用させるかにかかっている。

(『自分をどう愛するか〈生活編〉』)

12/2

人間は人間しかなりえぬ孤独な存在条件を課せられております。したがって、神でもない、天使でもない彼は、その意味で神や天使に対立しているわけです。たえず神を選ぶか、拒絶するかの自由があるわけです。

(「カトリック作家の問題」)

12/3

死というものは誰も避けられぬことである。だが死にたちむかうのに、手を握るしか方法のない人間の行為に、彼はなぜか知らぬが生きることの素晴らしさを感じたのである。

(『満潮の時刻』)

12/4

彼〔イエス〕はそれら不幸な人間たちを愛されたが、同時にこれらの男女が愛の無力さを知った時、自分を裏切ることも知っておられた。なぜなら人間は現実世界では結局、効果を求めるからである。

(『イエスの生涯』)

12/5

「しかし翌日まで——つまり書かない間に仕事をしていないか、と言うとそうではない。書かない間も無意識が書いているのだ」とロンドンで偶然、グリーン氏と会った時、彼はそんなことを呟いていた。……悪戦苦闘を続けている時、不意に外部から助け舟がやってくる。「外部から」と特に強調したのは、それが「自分によって」ではない事は経験上、たしかだからである。……私はこの「外部から」の助け舟は、作家の意識（努力）が消滅して意識と無意識の境界線に到った時、生ずるのだと思う。

(「執筆中の感想」)

12/6

共観福音書やヨハネ福音書に記述されたおびただしいイエスの奇蹟物語は私たちに彼が奇蹟を本当に行ったか、否かという通俗的な疑問よりも、群衆が求めるものが奇蹟だけだったという悲しい事実を思い起させるのである。そしてその背後に現実的な奇蹟しか要求しない群衆のなかでじっとうつむいているイエスの姿がうかんでいるのだ。　(『イエスの生涯』)

12/7

人には言えぬ秘密。しかしそれは神は知っている。知ってはいるが——多くの人がおびえるように、それによって神は怒ったり裁いたりはしない。むしろその秘密があればこそ人間はやがて神を求め、神を探り、神をほしがることを知っているのだ。

(『生き上手 死に上手』)

12/8

かくれ切支丹たちは神のイメージのなかに父を感じた。父なる神は自分の弱さをきびしく責め、自分の裏切り、卑劣さを裁き、罰するであろう。そのような神にかくれ切支丹たちは怖れを感じながら、しかし、そのきびしさより、自分をゆるしてくれる母をさがした。そして聖母マリアがそれだと彼等は感じたのである。　(「弱者の救い」)

12/9

私は殺人はとてもできぬ男でも、自分のなかに他人を傷つけたり、破壊したりする要素が充分にあることを認めざるをえない。私は、ただその「弱さ」を自認している。弱さが不意に顔を出さぬように抑制した生き方をしているにすぎぬ。だから、辛うじて社会のなかで体面を保っているにすぎぬ。これを百も承知で生きているにすぎない。　(『最後の花時計』)

12/10

受洗後の矢代氏の水を得た魚のような劇作活動を見るたび「芸術には悪魔の協力がいる」というジイドの言葉とはまったく反対に「神は創作にもひそかに参加するのだ」と思わざるをえない時さえある。

(「次々と友人が受洗するのを見て」)

12/11

やたらとオベッカ使うのも困りもんだけど、それによって利益を得るという下心がなければ、八方美人も大いに結構ではないですか。八方美人だなんてことに自己嫌悪を感じる必要はないのだ。むしろ誰とでもわけ隔てなくつき合いきれることの方がすばらしいんじゃないかな。

(『自分をどう愛するか〈生活編〉』)

12/12

一遍は人が善きことをなそうとする時、その善きことが彼の心を逆に慢心さすことを見ぬいていた。人が正しきことをなそうとする時、その正しきことがかえって彼の心を傲(おご)らせることを承知していた。修行すれば修行するほど、泥沼の深みに入ることを知っていた。

(『生き上手 死に上手』)

12/13

自己と自分とは違うのです。いろいろなたくさんの自己が合わさって自分を形成していると考えた方がいいね。だから、一つ目の自己は山田権太郎、二つ目の自己は山田権兵衛、第三の自己は山田竜介というように、たくさんの自己を心の中にもってみたらどうか。

(『男感覚 女感覚の知り方』)

12/14

我々は知っている。このイエスの何もできないこと、無能力であるという点に本当のキリスト教の秘儀が匿(かく)されていることを。……そしてキリスト者になるということはこの地上で「無力であること」に自分を賭けることから始まるのであるということを。

(『イエスの生涯』)

12/15

しかし、ぼくらと仏蘭西人とは本質的に違うところがあるでしょう。仏文学者のあんたなら否定されるかも知れんが……いや、待って下さい。ぼくらはこの国に来て、自分たちと本質的にちがうものがわかっただけでも収穫だと思っている。（『留学』）

12/16

いい本だからといって義務的に読むべきではないと思います。その人にとって良書というのは、決していい本のことではない。それはその人が持っている問題意識を疼（うず）かせる本のことを言うのです。

（『お茶を飲みながら』）

12/17

嫉妬心を起こさせないためには、相手の自尊心を傷つけることをしないこと。相手の自信を失わせるようなことはしないこと。この二点があげられます。それには、相手をほめることがいちばんいい。

（『自分をどう愛するか〈生活編〉』）

12/18

この世には何十回あっても、相手の存在が自らの人生に何の痕跡も与えぬ人がいる。その一方、たった一回の邂逅（かいこう）が決定的な運命をもたらす相手もいる。

（『生き上手 死に上手』）

12/19

罪のなかにはその人の再生の欲望がひそんでいることに気づいてから私は罪さえも我々人間にとって決して無意味ではないように思いはじめた。少なくともあとからふりかえると無駄ではなかったと言える何かを持っていることがわかってきた。

（『心の夜想曲』）

12/20

今までとはもっと違った形であの人を愛している。私がその愛を知るためには、今日までのすべてが必要だったのだ。……そしてあの人は沈黙していたのではなかった。たとえあの人は沈黙していたとしても、私の今日までの人生があの人について語っている。

（『沈黙』）

12/21

愛情というのは、自分が選んだものに不平不満がないということじゃない。そんなものはあるに決まっています。それにもかかわらず誠実に護(まも)るのが愛情だと、ぼくはもう何度も説いてきた。

(『考えすぎ人間へ』)

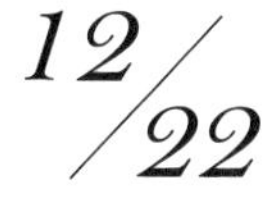

弱者——殉教者になれなかった者、おのが肉体の弱さから拷問や死の恐怖に屈服して棄教した者についてはこれら切支丹の文献はほとんど語っていない。……その悲しみや苦しみにたいして小説家である私は無関心ではいられなかった。彼等が転んだあとも、ひたすら歪んだ指をあわせ、言葉にならぬ祈りを唱えたとすれば、私の頬にも泪(なみだ)が流れるのである。私は彼等を沈黙の灰の底に、永久に消してしまいたくはなかった。彼等をふたたびその灰のなかから生きかえらせ、歩かせ、その声をきくことは——それは文学者だけができることであり、文学とはまた、そういうものだと言う気がしたのである。

(「一枚の踏絵から」)

12/23

我々は心の深淵から――つまり心理や無意識のもっと奥底にある魂の世界から、何かを求めているにかかわらず、それに応ずる答えはすべて人間の内面を単純化することによって出された解答にすぎぬ。そのために我々はいつも飢えの状態にあり、渇きの状態にある。

(「人間の心、このテルのごときもの」)

12/24

「現代の世界のなかで、最も欠如しているのは愛であり、誰もが信じないのが愛であり、せせら笑われているのが愛であるから、このぼくぐらいはせめて玉ねぎ〔イエス〕のあとを愚直について行きたいのです」

(『深い河』)

12/25

クリスマス

Xマスはイエスの生れた日を祝うのだが、聖書はその日づけを明確には書いていない。しかしそれが今日の十二月に定着したことにも私は**文学的に**、人間の浄化されたい魂の願いを感じとるのである。……クリスマスイブの純白な夜、星空に鐘が鳴る時、再生の思いを胸に抱く――それがXマスなのだと私は考える。

(『フランスの街の夜』)

12/26
父・遠藤常久
帰天
(1989年92歳)

「父上よ」と彼〔吉統(よしむね)〕はかつて感じなかった親しみをもって宗麟の顔を心に甦らせ、父の死後はじめて言いようのないなつかしさを感じた。そして宗麟と同じように熱病にかかり、次第に病み衰え、幽閉五年後、行年、四十八歳で神にその魂を返した。父、宗麟と同じように、父、宗麟をやっと理解しながら……。

(『王の挽歌　下巻』)

12/27

極端なことをいえば、苦しみのない人生なんて意味がない。みんながお互い、平和で満足していたら人間同士の愛は育たない。人生に苦しみがあるから、人生に悲しみがあるから、人間の間に愛は存在するのだ。

(『自分をどう愛するか〈生き方編〉自分づくり』)

12/28

若い頃はその「〔自分を〕表現しえぬ」ことにあせったが、この年になってみると、これでいいのだと思うようになった。というのは、我々を包んでいる大きなものが、その表現できなかったものを充分に吸いとって、余白のなかで完成させてくれていると考えるようになったからだ。

(『生き上手 死に上手』)

12/29

母・遠藤郁
帰天
(1953年58歳)

母が私の一点だけを認めて褒め、……やがては自分の好きなことで、人生に立ちむかえるだろうと言ってくれたことが、私にとっては強い頼りとなったと言える。……とにかく、私がキリスト教から離れることができないとすれば、その五〇パーセントは、母に対する愛着に由来しているのではないかと思う。母はキリスト教者として死んだ。　(『ほんとうの私を求めて』)

12/30

青年になって、私が自分は基督教をもう信じられぬと母に告白した時、彼女は烈(はげ)しく怒るかわりに、真底つらそうに、泪(なみだ)をいっぱいたたえた眼で私をじっと見た。私には……ペトロを見つめた時のイエスの眼がそんな眼だったような気がする。

(『ガリラヤの春』)

12/31

大晦日

我々の人生のどんな嫌な出来事や思い出すらも、ひとつとして無駄なものなどありはしない。無駄だったと思えるのは我々の勝手な判断なのであって、もし神というものがあるならば、神はその無駄とみえるものに、実は我々の人生のために役にたつ何かをかくしているのであり、それは無駄どころか、貴重なものを秘めているような気がする。　(『生き上手 死に上手』)

出典一覧（表記されているページ数は引用元のものです）

『愛情セミナー』（集英社文庫、2013 年）
10/21（p.110）

「アウシュヴィッツ収容所を見て」（『遠藤周作文学全集第 13 巻』新潮社、2000 年）
8/31（p.271）

『青い小さな葡萄』（『遠藤周作文学全集第 1 巻』新潮社、1999 年）
7/26（p.86），8/16（p.67），10/8（p.26）

「悪魔についてのノート」（『遠藤周作文学全集第 13 巻』新潮社、2000 年）
11/16（p.271）

『アデンまで』（『遠藤周作文学全集第 6 巻』新潮社、1999 年）
6/2（p.23）

『あまのじゃく人間へ』（青春出版社、1987 年）
4/21（p.124）

『イエスの生涯』（『遠藤周作文学全集第 11 巻』新潮社、2000 年）
1/7（p.130），1/18（p.125），1/26（p.82），2/8（p.131），2/23（p.124），3/3（p.164），3/7（p.107），3/15（p.128），3/18（p.166），3/26（p.180），4/8（p.94），4/12（p.161），5/17（p.160），5/24（p.115），6/28（pp.134-135），7/6（pp.108-109），7/10（p.153），7/30（p.110），8/3（p.150），8/23（pp.130-131），9/3（p.163），9/19（p.118），9/23（p.104），10/20（p.112），11/17（p.199），11/27（p.146），12/4（p.110），12/6（p.124），12/14（p.179）

『生き上手 死に上手』（文春文庫、1994 年）
1/3（p.28），1/23（p.31），2/6（p.18），3/11（p.238），3/20（p.188），3/25（p.269），4/5（p.64），4/11（p.43），5/13（p.183），5/19（p.75），6/12（p.138），6/19（pp.29-30），7/14（p.40），7/23（p.22），8/19（p.25），9/20（pp.39-40），10/29（p.13），11/1（p.21），11/6（p.76），11/9（p.92），11/20（p.183），12/7（p.17），12/12（p.19），12/18（p.113），12/28（p.74），12/31（p.185）

『異国の友人たちに』（読売新聞社、1992 年）
4/14（p.17），5/27（p.37），10/11（p.40）

「一枚の踏絵から」（『遠藤周作文学全集第 13 巻』新潮社、2000 年）
2/19（p.115），12/22（pp.115-116）
「異邦人の苦悩」（『遠藤周作文学全集第 13 巻』新潮社、2000 年）
11/14（p.173）
「うしろめたき者の祈り」（『遠藤周作文学全集第 13 巻』新潮社、2000 年）
8/15（p.344）
『遠藤周作全日記【上巻】 1950-1961』（河出書房新社、2018 年）
1/15（p.26），3/8（p.150），11/25（p.181）
『遠藤周作全日記【下巻】 1962-1993』（河出書房新社、2018 年）
3/23（p.223），3/27（p.307），9/5（p.361），11/28（p.345），11/30（pp.247-248）
『老いてこそ遊べ』（河出書房新社、2013 年）
11/11（p.157）
「老いの感受性」（『遠藤周作文学全集第 13 巻』新潮社、2000 年）
9/15（p.392）
「黄金の国」（『遠藤周作文学全集第 9 巻』新潮社、2000 年）
6/29（p.141），9/6（p.141）
『王の挽歌　下巻』（新潮文庫、1995 年）
12/26（p.287）
『お茶を飲みながら』（小学館、1979 年）
2/2（p.100），2/11（p.104），3/9（p.93），4/6（p.198），4/26（p.91），4/30（p.99），6/21（p.63），7/3（p.100），7/13（p.93），11/26（p.84），12/16（pp.152-153）
『男感覚 女感覚の知り方』（青春出版社、2007 年）
1/24（p.156），2/24（p.186），3/17（p.157），4/1（p.59）4/22（p.56），6/14（pp.152-153），7/28（p.118），7/21（p.158），9/18（p.98），9/28（p.154），10/10（p.48），12/13（p.139）
『おバカさん』（『遠藤周作文学全集第 5 巻』新潮社、1999 年）
2/16（p.59），2/25（p.145），5/20（p.72）
『女の一生　一部・キクの場合』（新潮文庫、1982 年）
1/4（p.263）

『女の一生　二部・サチ子の場合』（新潮文庫、1986 年）
8/14（pp.293-295），9/30（pp.516-517）
「外国人を書く」（『遠藤周作文学全集第 13 巻』新潮社、2000 年）
1/28（p.328）
『学生』（『遠藤周作文学全集第 6 巻』新潮社、1999 年）
11/23（p.27）
『影に対して』（新潮文庫、2023 年）
4/29（p.77）
『影法師』（『遠藤周作文学全集第 7 巻』新潮社、1999 年）
4/27（p.316），9/8（p.332）
『風の十字路』（小学館、1996 年）
11/29（p.30）
「カトリック作家の問題」（『遠藤周作文学全集第 12 巻』新潮社、2000 年）
2/20（p.24），8/29（p.30），12/2（p.23）
『ガリラヤの春』（『遠藤周作文学全集第 8 巻』新潮社、1999 年）
12/30（p.116）
『考えすぎ人間へ　ラクに行動できないあなたのために』（青春出版社、2006 年）
1/27（pp.90-91），5/25（p.15），6/27（p.51），11/4（p.33），12/21（pp.156-157）
「ガンジス河とユダの荒野」（『遠藤周作文学全集第 13 巻』新潮社、2000 年）
8/8（p.135）
『黄色い人』（『遠藤周作文学全集第 6 巻』新潮社、1999 年）
10/2（p.105），11/7（p.130）
『寄港地』（『遠藤周作文学全集第 6 巻』新潮社、1999 年）
11/15（p.221）
「帰国まで」（『遠藤周作文学全集第 14 巻』新潮社、2000 年）
11/8（p.299）
「キリストの誕生」（『遠藤周作文学全集第 11 巻』新潮社、2000 年）
2/21（p.349），3/19（p.338），6/5（p.345），7/19（p.349），8/7（p.322），8/13（p.341），10/17（p.348），10/24（p.278），11/2（pp.345-346）

『ぐうたら人間学』（講談社文庫、1976年）
　4/13（p.266）
「グレアム・グリーンをしのぶ」（『遠藤周作文学全集第13巻』新潮社、2000年）
　6/20（p.407）
「芸術の基準」（『遠藤周作文学全集第12巻』新潮社、2000年）
　1/21（p.223），3/13（p.221），10/25（p.223）
「現代日本文学に対する私の不満」（『遠藤周作文学全集第13巻』新潮社、2000年）
　5/31（p.53），7/15（p.54）
『恋することと愛すること（新装版）』（実業之日本社、1994年）
　2/13（pp.129-130），3/1（p.34），5/21（pp.38-39），7/8（p.27），8/4（p.75），9/7（p.184）
『心の航海図』（文藝春秋、1996年）
　1/11（p.293），7/22（pp.260-261）
『心の砂時計』（文藝春秋、1992年）
　2/1（p.240），2/10（p.24），3/24（p.121），6/4（p.192），6/13（p.119），7/17（p.299），7/29（p.265），8/25（p.113），9/10（p.207），9/27（p.290），10/28（p.278），11/19（p.309）
『心の夜想曲』（文藝春秋、1986年）
　2/14（p.40），2/17（p.21），2/22（p.16），5/2（p.56），5/8（p.17），7/27（p.52），8/11（p.41），9/13（pp.130-131），9/25（p.35），10/1（p.131），11/10（p.24），12/19（p.17）
『最後の殉教者』（『遠藤周作文学全集第6巻』新潮社、1999年）
　6/11（p.305）
『最後の花時計』（文藝春秋、1997年）
　4/4（pp.202-203），6/24（p.87），9/21（p.191），10/26（pp.156-157），12/9（p.158）
「サド伝」（『遠藤周作文学全集第11巻』新潮社、2000年）
　8/26（p.12）
『侍』（『遠藤周作文学全集第3巻』新潮社、1999年）
　1/1（p.366），1/19（p.299），5/28（p.383），6/23（p.348），7/2（p.263），8/30（p.322），9/12（p.366），9/17（p.422），11/12（p.397）

「「さむらひ」と「侍」(河上徹太郎)」(『遠藤周作文学全集第 13 巻』新潮社、2000 年)
3/30 (p.326)
『死海のほとり』(『遠藤周作文学全集第 3 巻』新潮社、1999 年)
3/4 (p.69), 3/16 (p.125), 3/29 (p.56), 4/25 (p.28) 5/12 (p.61), 10/13 (p.143)
「執筆中の感想」(『遠藤周作文学全集第 13 巻』新潮社、2000 年)
12/5 (pp.422-423)
『死について考える』(光文社、1996 年)
2/29 (p.149), 5/4 (pp.57-58), 7/31 (pp.32-33), 9/2 (pp.133-134), 10/22 (p.94), 10/31 (pp.193-194)
『自分をどう愛するか〈生き方編〉自分づくり』(青春出版社、2003 年)
1/5 (pp.61-62), 5/10 (p.87), 6/1 (p.164), 6/3 (p.206), 7/11 (pp.28-29), 10/14 (p.151), 10/27 (pp.54, 56), 11/21 (p.165), 12/27 (p.38)
『自分をどう愛するか〈生活編〉幸せの求め方』(青春出版社、2002 年)
1/10 (p.163), 1/20 (p.188), 2/5 (p.113), 4/16 (p.71), 4/17 (p.54), 4/24 (p.180), 5/5 (p.111), 6/8 (pp.38-39), 8/10 (p.28), 10/6 (p.29), 11/24 (p.28), 12/1 (p.39), 12/11 (p.23), 12/17 (p.55)
「弱者の救い」(『遠藤周作文学全集第 13 巻』新潮社、2000 年)
5/14 (p.104), 12/8 (p.104)
「宗教と文学」(『遠藤周作文学全集第 12 巻』新潮社、2000 年)
6/30 (p.314)
「銃と十字架」(『遠藤周作文学全集第 10 巻』新潮社、2000 年)
2/28 (p.267), 3/12 (p.254), 10/12 (p.293)
『巡礼』(『遠藤周作文学全集第 8 巻』新潮社、1999 年)
6/25 (p.131)
『シラノ・ド・ベルジュラック』(『遠藤周作文学全集第 6 巻』新潮社、1999 年)
1/13 (p.158)
『白い人』(『遠藤周作文学全集第 6 巻』新潮社、1999 年)
5/16 (p.50)

「神西清」(『遠藤周作文学全集第 12 巻』新潮社、2000 年)
4/7 (p.72)
『人生の同伴者』(講談社文芸文庫、2006 年)
1/22 (pp.228-229)
『スキャンダル』(『遠藤周作文学全集第 4 巻』新潮社、1999 年)
3/5 (p.156), 5/6 (p.97), 10/3 (p.162)
「精神の腐刑(武田泰淳について)」(『遠藤周作文学全集第 12 巻』新潮社、2000 年)
4/20 (p.82)
「西洋人」(『遠藤周作文学全集第 13 巻』新潮社、2000 年)
6/15 (p.276)
「善魔について」(『遠藤周作文学全集第 13 巻』新潮社、2000 年)
1/31 (pp.202-203)
『沈黙』(『遠藤周作文学全集第 2 巻』新潮社、1999 年)
1/29 (p.248), 2/7 (p.253), 5/18 (p.263), 5/30 (p.208), 6/18 (p.227), 7/25 (pp.210-211), 8/12 (p.251), 10/7 (p.241), 11/22 (p.223), 12/20 (p.325)
「通過儀礼としての死支度」(『遠藤周作文学全集第 13 巻』新潮社、2000 年)
3/31 (p.354)
「次々と友人が受洗するのを見て」(『遠藤周作文学全集第 13 巻』新潮社、2000 年)
12/10 (p.263)
「鉄の首枷」(『遠藤周作文学全集第 10 巻』新潮社、2000 年)
1/14 (p.202), 2/3 (p.202), 5/22 (p.57), 7/18 (p.199), 9/26 (p.57)
『童話』(『遠藤周作文学全集第 7 巻』新潮社、1999 年)
11/5 (p.96)
「二重生活者として」(『遠藤周作文学全集第 13 巻』新潮社、2000 年)
3/6 (p.360)
「日本とイエスの顔」(『遠藤周作文学全集第 13 巻』新潮社、2000 年)
3/28 (p.254)
「人間の心、このテルのごときもの」(『遠藤周作文学全集第 13 巻』新潮社、2000 年)
12/23 (p.153)

「人間のなかのX」（『遠藤周作文学全集第13巻』新潮社、2000年）
4/18（pp.288-289），6/6（p.286）
「薔薇の館」（『遠藤周作文学全集第9巻』新潮社、2000年）
1/30（p.168）
『春は馬車に乗って』（文藝春秋、1989年）
2/4（p.267），2/12（p.278），2/27（p.205），3/10（p.36），4/10（p.365），4/28（p.267），5/29（pp.277-278），6/7（p.137），7/16（p.270），8/2（p.267），10/5（p.66）
「病院での読書」（『遠藤周作文学全集第13巻』新潮社、2000年）
5/1（p.426）
『深い河』（『遠藤周作文学全集第4巻』新潮社、1999年）
1/17（p.321），2/15（p.218），4/9（p.215），5/9（p.198），6/10（p.262），7/4（pp.344-345），8/18（p.216），10/9（pp.216-217），12/24（p.262）
『葡萄』（『遠藤周作文学全集第7巻』新潮社、1999年）
9/16（p.40）
『フランスの街の夜』（河出書房新社、2022年）
12/25（p.197）
「フランソワ・モーリヤック」（『遠藤周作文学全集第12巻』新潮社、2000年）
8/22（p.101）
「堀辰雄覚書」（『遠藤周作文学全集第10巻』新潮社、2000年）
2/18（p.35），3/14（p.45），7/9（p.10），10/18（p.17），11/18（p.32）
『ほんとうの私を求めて』（海竜社、1985年）
2/26（p.36），5/3（p.30），5/15（p.13），6/9（p.174），8/1（p.16），8/28（p.161），12/29（pp.149-150），
『まず微笑』（PHP文庫、1988年）
1/2（p.253）
『松葉杖の男』（『遠藤周作文学全集第6巻』新潮社、1999年）
8/9（p.274）
『万華鏡』（朝日新聞社、1993年）
1/9（p.155），1/25（p.17），3/22（p.190），4/23（p.52），8/20（p.190），9/4（p.142）

『満潮の時刻』（『遠藤周作文学全集第 14 巻』新潮社、2000 年）
3/21（p.408）, 5/26（p.337）, 6/22（pp.345-346）, 6/26（p.327）, 8/5（pp.340-341）, 12/3（p.350）

「メナム河の日本人」（『遠藤周作文学全集第 9 巻』新潮社、2000 年）
7/7（p.220）, 10/16（p.219）

『もし……』（『遠藤周作文学全集第 7 巻』新潮社、1999 年）
9/29（p.286）

『よく学び、よく遊び』（小学館、1983 年）
1/6（p.36）, 1/16（p.37）, 3/2（p.113）, 4/19（p.245）, 5/11（pp.58-59）, 5/23（p.237）, 6/16（p.219）, 7/12（p.253）, 9/9（p.241）, 9/14（p.212）, 10/4（pp.262-263）

「弱虫と強者とについて」（『遠藤周作文学全集第 13 巻』新潮社、2000 年）
8/17（p.78）

『留学』（『遠藤周作文学全集第 2 巻』新潮社、1999 年）
7/5（pp.175, 178）, 9/1（p.103）, 9/22（p.63）, 12/15（p.101）

『わたしが・棄てた・女』（『遠藤周作文学全集第 5 巻』新潮社、1999 年）
1/8（p.301）, 8/27（p.332）, 9/11（p.205）, 10/23（p.249）

『私にとって神とは』（光文社、1988 年）
2/9（p.206）, 4/2（p.21）, 5/7（p.22）, 6/17（p.115）, 7/1（p.182）, 8/21（pp.15-16）, 8/24（p.207）, 10/15（p.78）, 10/19（p.23）, 11/3（p.27）

「私の愛した小説」（『遠藤周作文学全集第 14 巻』新潮社、2000 年）
4/3（p.272）, 4/15（p.51）, 8/6（p.104）, 9/24（p.49）, 10/30（p.105）

「私の「イエスの生涯」」（『遠藤周作文学全集第 13 巻』新潮社、2000 年）
1/12（p.169）, 11/13（pp.166-167）

「私の「膝栗毛」」（『遠藤周作文学全集第 13 巻』新潮社、2000 年）
7/20（pp.240-241）

「私の文学」（『遠藤周作文学全集第 12 巻』新潮社、2000 年）
7/24（pp.381-382）

生活の挫折に人生の意味を見出す眼鏡
——あとがきにかえて

遠藤さんは自分が一番ためになった読書法は一人の作家の作品から日記まで全てを読むことだとしています。それによって新たな「眼鏡」を持つことができた、すなわちその作家の人生や人間についての見方を自分の眼（視点）に重ねることができたのだと言い、それを私たちにも奨めています。

遠藤さんの言葉を読むことで得られる「眼鏡」が私たちにもたらす最大のものは、「生活の次元」とは違う「人生の次元」の世界を見せてくれることです。

今の日本に生きる私たちが無意識にかけている眼鏡は、目に見える物質的豊かさに価値を置き、自己の利害損得で生きる世界を私たちに見せています。遠藤さんは、そうした世界を「生活の次元」と呼びます。見えるものは過ぎ去るので、「生活の次元」がすべてと思って生きる私たちは、競争に疲れ、挫折して孤独になり、生きるのが苦しくなります。

それに対して、永遠に存続する見えない命や愛に価値を置く世界は「人生の次元」と呼ばれます。その「人生の次元」から自分の人生や他者を見られるようになることで、生活の挫折や不幸、病気や老いといったマイナスに思えるものに、人生の意味や愛の存在を教えてくれるプラスの価値を見出すことができるようになります。そして、それによって生きることに励ましや支えを与えられます。

遠藤さんは、両親の離婚、戦時の敵性宗教迫害下の生活、留学中の異邦人の苦悩、10回を超える入院など、自らの弱さが露わになる挫折体験を嚙みしめることを原点に言葉を紡いだキリスト者であり、作家でした。

遠藤さんのそうした体験に裏打ちされた「人生の次元」の言葉の詰まったこの本で、心に響く言葉や気になる言葉に出会ったら、ぜひその言葉にリアリティを与える作品全体を読んでください。遠藤さんの「眼鏡」をより自分のものにできるでしょう。

この本は日本キリスト教団出版局の編集部のみなさんが選んだ言葉を元に作られました。加藤氏をはじめ日本キリスト教団出版局の皆さんに感謝いたします。

遠藤周作生誕百年の記念の年に刊行される本書によって多くの方が遠藤さんの言葉に出会い、その言葉が次の百年も多くの生き悩む人たちに読み継がれ、その人生を支え励ます「眼鏡」をもたらす契機となるよう願ってやみません。

山根 道公

監修：山根道公(やまねみちひろ)

1960年、岡山県に生まれる。早稲田大学第一文学部卒業、立教大学大学院修了。文学博士。ノートルダム清心女子大学キリスト教文化研究所教授。遠藤周作学会代表。
『遠藤周作文学全集』全15巻解題及び年譜、『井上洋治著作選集』全11巻の編者及び解題を担当。『遠藤周作事典』共同責任編者。

主著『遠藤周作探究Ⅰ　遠藤周作 その人生と「沈黙」の真実』、『遠藤周作探究Ⅱ　遠藤周作「深い河」を読む――マザー・テレサ、宮沢賢治と響きあう世界』、『遠藤周作と井上洋治――日本に根づくキリスト教を求めた同志』、『風のなかの想い――キリスト教の文化内開花の試み』（共著）ほか。

遠藤と志を共にする井上洋治神父と、日本におけるキリスト教の文化内開花(インカルチュレーション)を目指して1986年より「風(プネウマ)の家」運動を行い、現在も、その機関誌「風(プネウマ)」発行、風編集室 YouTube チャンネル動画配信などの活動に携わる。

遠藤周作 著
山根道公 監修

遠藤周作366のことば

2023年9月25日　初版発行

発行　日本キリスト教団出版局
169-0051
東京都新宿区西早稲田2丁目3の18
電話・営業03（3204）0422
編集03（3204）0424
https://bp-uccj.jp

印刷･製本　精興社

ISBN978-4-8184-1142-5　C0095　日キ販
Printed in Japan